F・シリーズ

5053

こうしてあなたたちは時間戦争に負ける

THIS IS HOW YOU LOSE THE TIME WAR

BY

AMAL EL-MOHTAR AND MAX GLADSTONE

アマル・エル＝モフタール＆
マックス・グラッドストーン

山田和子訳

TOKYO HAYAKAWA BOOKS

A HAYAKAWA SCIENCE FICTION SERIES

THIS IS HOW YOU LOSE THE TIME WAR
by
AMAL EL-MOHTAR AND MAX GLADSTONE

Translated by
KAZUKO YAMADA
First published 2021 in Japan by
HAYAKAWA PUBLISHING, INC.
This book is published in Japan by
direct arrangement with
BAROR INTERNATIONAL, INC.
Armonk, New York, U.S.A.

カバーデザイン　川名 潤

あなたに

PS：そう、あなたに

こうしてあなたたちは時間戦争に負ける

ついに戦闘は終結した。戦場に残ったのはレッドただひとり。

髪が血でぬるぬるになっている。この死にゆく世界の最後の夜の奥に向けて、レッドはシューッと蒸気を吐き出した。

面白かったわね。だが、無数の死体が散乱する光景を前に、この感想は少しばかり苦いものをもたらした。クリーンだった、少なくとも。レッドが時間のスレッドを遡《さかのぼ》ってここに来たのは、この戦闘を生き延びる者がいないようにするためだ。生存者がいれば、彼らはやがて、《エージェンシー》がアレンジした未来を――《エージェンシー》が支配する未来《ストランド》、レッド自身が存在しうる未来を――混乱に陥《おとしい》れないともかぎらない。レッドは、歴史のこの平行世界を結紮《けつさつ》し、切断し、完全に壊死《えし》させるためにやってきたのだ。

レッドの最後の相手となった死体。かつて人間だったもの。手袋をはめたレッドの手が腹の中に突っ込まれ、指が合金の背骨をつかんでいる。グリップを解くと、支えを失った死体はゆっくりと仰向《あおむ》けに倒れ、外骨格が岩に当たってけたたましい音を立てる。未熟なテクノロジー。大昔の技術。劣化ウランに青銅で立ち向かうようなもの。これでは万にひとつの勝ち目もない。私に勝てるわけがない。

ミッションを終えたあとの最終的な、壮大な静寂が広がる。レッドの武器と装甲が夕暮れ時の薔薇《ばら》のようにしぼみ、体内に収納されていく。ひらひらとはためいていた疑似皮膚の断片が鎮《しず》まり、修復され、元のプログラム可能な被覆ニット物質に戻ると、レッドは再び〝女性〟とおぼしい外観を取り戻す。彼女は着実な足取りで歩いていく。生き残った者はいないか、どこかに身を潜《ひそ》めている者はいないか。

私は勝った、そうよ、勝ったのよ。レッドは自分が勝利したことを確信している。それとも？

戦場に転がったおびただしい兵士の死体。この地で激突した二つの巨大帝国――いずれの宇宙船団もが相手を座礁させる岩礁となって、双方を完全に壊滅させるに至った。これを実行させることこそ、この地にやってきたレッドのミッションだった。彼らの灰の中から、新たな者が立ち現われる。レッドが帰属する《エージェンシー》の目的に、より適《かな》った者が。しかし、それはまだ先のことだ。

だが……。戦闘中の戦場には、実は、もうひとり、別の存在がいた。レッドの行く手に山をなす、時間につなぎとめられた死体の群れのような〝平土間の観客〟ではない存在、真のプレーヤーが。《エージェンシー》に敵対する陣営の何者かが。

仲間の工作員が参加していたとしても、この敵側の存在に気づいた者はほとんどいなかっただろう。レッドがそれを察知したのは、彼女がひたすらに忍耐強く、単独で、細心の注意を払って行動する工作員だったためだ。この任務を遂行するに当たって、レッドは徹底的に事前検証した。頭の中で、細部に至るまで繰り返しシミュレーションした。そして、実際の戦闘の場で、船団がいるべき場所にいなかった時、襲撃されるはずの退避ポッドが襲撃されなかった時、数度の一斉攻撃が本来の合図から三十秒遅れて始まった時、彼女は敵の存在に気づいた。

二度なら偶然かもしれない。しかし、三度となると、これは当然、敵のアクションと見なすべきだ。でも、どうして？　レッドは思う。私は、ここに来た目的を完璧になし終えたじゃないの。だが、戦争は、原因と結果が、計算可能なものとストレンジ・アトラクター（初期値のごく小さな差がとてつもなく大きな変異を生み出すカオス構造）が濃密に絡《から》み合ったものだ。まして、時間における戦争となれば、その度合いはいっそう大きくなる。たったひとつの見逃した命《いのち》が、敵側にとって、今日レッドの手を赤く染めたすべての血よりも大きな意味を持つこともありうる。ひとりの逃亡者が、あるいは、その子供が、女王や科学者に、もっと悪いことに、詩人になったとしたら。あるいは、逃亡者が、はるか遠いスペースポートで密輸商人とジャケットを交換したら。そうしたら、今日流した血のすべてが無に帰してしまうかもしれないのだ。

殺戮《さつりく》行為は実践を積めばどんどん簡単になっていくとされている。力学的にも技術的にも。しかし、果てしなく殺戮を重ねてきたにもかかわらず、レッドには、そんなふうに思えたためしはない。仲間の工作員でそう思っている者はいない。あるいは、それをうまく隠しているだけなのか。

それにしても、同じ戦場、同じ時間にレッドの前に現われるなど、あまりにも《ガーデン》のプレーヤーらしくない。〈影《シャドウ》〉として確実にうまくいくと考えられることだけを実行するのが、《ガーデン》の基本的なスタイルだ。しかし、今回、この場に立ち会おうとした者がいる。実のところ、これまで一度もその姿を確認したことはなかったものの、レッドはその敵を知っていた。プレーヤーはそれぞれ独自の特徴を持っており、レッドは、その大胆さと危険性のいくつかのパターンを認知した。

私の勘違いだろうか。そんなことはまずない。

敵は、怪しげな悪ふざけを楽しんでいるのかもしれない。私が今回成しとげた殲滅《せんめつ》の偉業のいっさいを、自分の目的に合うように捻《ね》じ曲げてやろうとしているのかもしれない。でも、疑念を抱いているだけでは意味がない。証拠を見つけなければ。

レッドは、わずかでも自分の敗北につながる種子はないかと探りながら、焼けただれた勝利の戦場を歩きまわった。

地表のすぐ下を、かすかな振動が伝わっていく。これはもはや大地と呼べるものではない。この惑星はもう死んだのだから。コオロギが鳴いている。ズタズタになった地面の上、激突し破砕した両軍の宇宙船団の残骸と凄惨な死体の群れの間で、今のところ、コオロギは生き延びている。銀色の苔《こけ》がスチールを貪《むさぼ》り食い、二度と息を吹き返すことのない兵器を紫の花が埋めつくしていく。もしかしたら――この惑星がもうしばらく存続しつづければ、死体の口から生え出た蔓《つる》植物が実をつけることになるのだろうか……。

そんなことはない。そんなことは決して起こらない。

荒れ果てた地面が広がる一画で、レッドは〝それ〟を見つける。手紙。

それは、この場所に帰属しているものではなかった。かつて星々の間を行き交っていた宇宙船団の残骸の間に転がっているのは、死体の山だけであるはずだ。ここにあるのは、死と土と、そして勝利したひとりの工作員の血だけであるはずだ。頭上で崩壊していくいくつもの衛星と軌道上で燃え上がっている宇宙船だけであるはずだ。

絶対にこの場所にあるはずのないクリーム色の紙。そこには流れるような筆致の文字が一行書かれている——**読む前に燃やすこと。**

レッドは〝感じる〟ことが好きだ。フェティッシュとも言える嗜好《しこう》性。そして今、彼女が感じているのは恐怖。恐怖と、猛烈な戦闘意欲。

私の感覚は正しかった。

レッドは、超低周波と超音波を駆使し、自分を追っている者の、獲物の〈シャドウ〉をサーチする。コンタクトしたかった。新たな、もっと意味のある闘いをしたくてたまらなかった。だが、そこにはレッド以外に誰もいなかった。死体の山と宇宙船の残骸、そして敵が残した手紙だけしかなかった。

もちろん、これは罠よ。

蔓植物が死体の眼窩《がんか》から螺旋《らせん》を巻いて生え出し、ズタズタになった宇宙船の窓に絡みつく。錆《さび》の細片が雪のように舞い落ちる。金属がきしみ、ストレスを受けて粉々に砕け散る。

これは罠よ。毒が塗られているとしたら、なんとも雑なやり口だけれど。だが、臭いはまったくしない。メッセージに新種のウイルスが仕込まれているのだろうか――思考力を徐々に崩壊させていくような、そのトリガーとなるようなウイルスが。それとも、単に、〈司令官《コマンダント》〉の目に、私に対する疑念を生じさせようとしているだけなのか。この手紙を読んだら、私は記録され、正体を暴《あば》かれ、二重スパイとして使われることになるかもしれない。この敵は狡猾《こうかつ》だ。たとえ、これがこれから長く続くゲームの最初の一手にすぎないとしても、これを読んだことがわかれば〈司令官《コマンダント》〉の怒りを招く危険性がある。忠誠心に乏しい裏切り者と思われるリスクを冒すことになる。

賢明で慎重な対応は、そのまま放置することだった。だが、この手紙はレッドに投げられた挑戦の手袋であり、レッドとしてはどうしても読まないわけにはいかなかった。

死んだひとりの兵士のポケットにライターがあった。レッドの目の奥に燃え上がる炎が映る。火花が散り、灰が落ちて、紙の上に、最初の指示と同じ流れるような筆致の文字が浮き上がっていく。

レッドの口が歪《ゆが》む。冷笑。仮面の、ハンターの笑み。

最後の署名が形をなすとともに、指の間で手紙が焼け落ちる。レッドの手から燃えかすが落ちる。

そして、レッドはその場を去る。ミッションは成しとげられるとともに失敗に終わった。彼女は〈ホーム〉に向けて――《エージェンシー》が編み、形作り、護っている未来に向けてスレッドを下《くだ》っていった。手紙の燃えかすと宇宙船の残骸と無数の死体を除いて、レッドがこの場にいた痕跡はいっさい残っていない。

惑星はみずからの終焉《しゅうえん》の時を待ち受ける。蔓植物は生きつづける。そう、コオロギも。だが、頭蓋骨の群れ以外、蔓植物やコオロギを見る者はいない。

雨雲が湧き上がる。稲妻が花開き、戦場はモノクロームになっていく。雷鳴が轟きわたる。今晩は雨になるだろう。この惑星がそれまで存続していれば、雨は、ガラスと化した地表を一気に流れていくだろう。

手紙の燃えかすも完全に消え去る。

撃破された一機の攻撃船の影がつとよじれる。無人の影に気配が満ちる。

その影の中から〈シーカー〉が姿を現わす。多くの〈シャドウ〉をまとわりつかせて。

〈シーカー〉は無言で激闘の跡を見つめる。泣きはしない。誰に見とがめられないともかぎらない。彼女は一定のペースで宇宙船の残骸の間を抜け、死体の山を踏み越えていく。プロフェッショナルに。習熟を積んだスキルのもと、螺旋を描く曲がりくねったルートを取り、誰もあとについてきていないことを確認しつつ、静まり返った戦場を歩み、目指す地点に着く。

地面が震え、土が砕け散る。

かつて手紙であったものに、彼女は手を伸ばす。膝をつき、燃えつきた灰をかきまわす。火の粉が舞い上がる。彼女は片手でそれをつかむ。

腰に着けたポーチから白い石の薄板を取り出し、灰の下に差し入れる。板の上に灰を薄く広げると、手袋を脱ぎ、指先をすっと切る。溢れ出た虹色の血が滴り落ちて灰の中に散る。

血と灰を混ぜ、こね、粘土状になった灰を転がして薄く延《の》ばす。周囲では衰退が進んでいく。戦艦は苔の塚と化し、巨大な大砲がひび割れて崩れ落ちる。

彼女はプリズム光を当て、不可思議な音を投射する。時間を折りたたむ。

世界の中心に亀裂が走る。

灰が一枚の紙になる。上端にサファイア色のインクで書かれた蔓草のような手書き文字が現われる。

一度だけ読まれ、そののちに消滅するはずだった手紙。

世界が真っ二つに割れるまでのわずかな間に、彼女はいま一度、その手紙を読む。


わが為《な》したる業《わざ》を見よ、汝《なんじ》ら強大な者たちよ、そして絶望せよ！

（パーシー・ビッシュ・シェリー「ソネット：オジマンディアス」の一節）

ちょっとしたジョークよ。私、これまでに、ありとあらゆる皮肉の変化形をリストアップしたはずだから。でも、もしあなたが、先《せん》だっての十九世紀のストランド6をこれでもかというほどに編集した私の〝業〟を憶えていないというのなら、このジョークは私に当てつけたものということになるけれど。

あなたが来るのを願っていたわ。

この手紙はいったい何だと思っているでしょうね。でも、書き手が誰だとは思っていないはず、きっと。あなたにはわかっている――アブロガスト－882での、あのとんでもない事態の際に目が合ってからというもの、私にわかっているのとまったく同様に。要するに、私たちの間には、まだ片のついてない問題があるってこと。

告白しておくと、それまで、私はこの戦争にどんどん無頓着になっていっていた。うんざりしていたとさえ言っていい。あなたたち《エージェンシー》はおそろしい勢いでスレッドを過去へ未来へと駆けめぐる。一方で、私たち《ガーデン》は忍耐強く、いろいろなスレッドを植えつけ、育て、剪定《せんてい》しながら、時間の編み紐《ブレイド》の奥深くにもぐり込んでいく。どっしりと動かない私たちのオブジェクトに向けられる、とどまることを知らないあなたたちの力ずくの攻撃。囲碁と三目並べの闘い。どんな結果に至るかは最初の一手からわかりきっている。私たちの間の裂け目が不安定きわまりないカオスの領域に落ち込んでいくまで、このプロセスが果てしなく繰り返される——私たちは、お互いを食い物にして、勝手勝手に、それぞれに安全な未来を探し求めている。そんな争いにうんざりするのも、ある意味、当然だと言っていいわよね。

でも、そんな時にあなたが現われた。

あっという間に、私は余裕のない状態に追い込まれた。それまで機械的にやってきた行動のひとつひとつに全力を投入しなくてはならなくなった。《エージェンシー》のスピードに、あなたは奥行きを持ち込んだ。持続するパワーを持ち込んだ。気づいてみると、私は以前のように全力をあげて任務に取り組んでいた。あなたはあなたの〈シフト〉の戦闘活動を生き生きとしたものにしていた。そして、そうすることで、私の戦闘意欲も活性化してくれた。

どうか、私の感謝の思いがあなたを包み込んでいることに気づいてね。

でも、もうひとつ、どうしても言っておかなければならないことがある。あなたが、渦を巻く炎に舐《な》められながら、この手紙を読んでいると思うと、嬉しくてたまらなくなってしまうということ。あなたの目はもう後戻りできない。この手紙を紙の上だけにとどめておくことはもうできない。あなたは、この手紙を取り込んで、記憶の中に保持しなければならない。この手紙を思い出すには、あなたの思考の中にある〝私の存在〟を、水に映った太陽の光のようにあなたの思考に深く絡みついた私を、探さなければならない。この手紙のことを上司に報告するには、自分がすでに侵入されてしまったことを、この不運きわまりない日の損耗《そんもう》人員数がひとつ増えたということを、認めなくてはならない。

そう、こうして、私たちが勝つことになる。

自慢だけで終始する気はないわ。私はあなたの戦術を心からリスペクトしている。それはぜひともわかってね。あなたの仕事のエレガントさは、この戦いがそれほど無益なものではないのかもしれないと思わせてくれる。たとえば、あなたの球面側方攻撃の一手にあった水理学のスキル――あれは本当に素晴らしかった。これから、私たちの植物保護の専門家たちがあのスキルを完璧に習得するから、次に私たちが勝利する際には、あなたのスキルの一端が使われることになる。そう考えたら、少しは慰めになるかしら。

それじゃ――次回はきっと、もう少しうまくいくわよ。

ブルー

Fondly

MRIマシンの中で、ガラスのジャーの水が温《あたた》められている。〝鍋の水を見つめていると、お湯はいつまでたっても沸《わ》かない〟という諺《ことわざ》（〝待つ身は長い〟の意）に反して、ブルーはジャーの水をじっと見つめている。

ミッションで勝利すると――これはいつものことだが――ブルーには必ずやることがある。次のミッションに移る前に、これまでの勝利を振り返り、回顧し、じっくりと味わうのだ。ただし、これは移動する（時間を遡《さかのぼ》って安定した過去に向かうか、混乱する未来に向かうかする）間だけのこと。その間《かん》に、彼女はお気に入りの詩を思い起こすように勝利を反芻《はんすう》する。それ以外の時は、求められている役割に応じて、それぞれのストランドの時間の編み紐《ブレイド》を丁寧に梳《くしけず》ったり、獰猛《どうもう》に噛みちぎったりし、そして、ミッションが終わると直ちにそのストランドを去る。

ある場所にとどまってぶらぶらする習慣はない。なぜなら、ブルーには失敗するという習慣がないからだ。

MRIマシンがあるのは二十一世紀のとある病院で、そこにはまったく人の気配がなかった。最初、ブルーは全員が避難したのだと思ったが、しかし、いくら調べても、境界線に分断された緑豊かな森の中心部にひっそりと建つこの病院には、疑わしい徴候はいっさい見られなかった。

　本来なら、病院は満員になっているはずだった。ブルーがここに派遣されたのは、感染というデリケートな事態に対処するため――この病院のひとりの医師が、新種のバクテリア株を使って《ガーデン》の世界を操作するための基盤を構築しようとしていたのだ。《ガーデン》を生物戦争に向かわせるか、あるいは撤退する方向に向かわせるか。《ガーデン》の打つ手に敵がどう応じるかは、その時になってみなければわからない。だが、いずれにしても、この陰謀が実現する可能性は完全に否定され、敵側の抜け道も閉ざされていた。結局、ブルーが見つけたのは、MRIマシンの中の、この水の入ったジャーだけだった。ジャーには**沸騰させてから読むこと**というラベルが貼られていた。

　というわけで、完全に肩すかしを食らったブルーは、マシンの前で、MRIの原理に思いをめぐらせながら、沸き立っていくジャーの水を見つめることになったのだった。MRI（磁気共鳴画像法）は、高周波の磁場を与えて水素原子に共鳴現象を起こさせ、発生する電波の信号データを画像化する。水が熱せられていくと、水分子のシンメトリー構造が破壊され、全体のランダムさが増していく。磁場の内にくっきりととらえられた熱力学現象のもと、花開き、弾《はじ》け、変容していく分子のひとつひとつが検知され、そのプロセスが記録されていく。こうして、水の温度変化の作用が最後まで数値変換されると、ブルーはデータのプリントアウトを右手でちぎり取り、次いで、適合する暗号解読キーによってテクスト変換されたアウトプット・シートを左手でちぎり取った。

読んでいくうちに、ブルーの目が大きく見開かれていく。読んでいくうちに、シートを握りしめる手がどんどん強さを増し、ついにはシートを引き抜くこともできなくなってしまう。それにもかかわらず、彼女は笑い出し、その声が無人の廊下に反響していった。ブルーは自分の行動を妨害されることにまったく慣れていなかった。位相シフトのミスをチャンスに変える方法についてあれこれ考えながらも、しかし、この事実にはどこか、彼女を面白がらせるものがあった。

ブルーはデータシートと解読テキストをシュレッダーにかけ、それからバールを取り上げた。

ブルーが去ったあと、〈シーカー〉が、バールでめちゃくちゃに叩き壊された検査室でMRIマシンを見つけ、その中に入る。ジャーの水は冷《さ》めている。〈シーカー〉は生ぬるい液体を少しずつ喉の奥に流し込んでいく。

最高に陰険なブルーへ

こういった手紙って、どう始めればいいの？　返事を書こうと手をつけてから、ものすごく長い時間がたってしまった。私たちは、あなたたちのように、ひとりひとりが孤立してはいない。ひとりひとりが、それぞれの頭の内に閉じこもってはいない。私たちは共同で考える。それぞれの考えはみんなに伝えられ、修正され、拡張され、再構成される。私たちが勝利する理由もここにあるわ。

訓練期間中でさえ、私はほかの候補生たちのことを知っていた。子供時代の夢を知っているように、お互いのことがわかっていた。それまで、一度も会ったことがないと思っていた仲間に挨拶《あいさつ》して、そこで初めて、お互いが誰なのかを知る以前に、そのクラウドのどこだかわからないコーナーですでにすれ違っていたことに気づく。

というわけで…私、手紙を書くのは得意ではないのよ。だから、手紙という形式の文章を書くために、充分な量の本をスキャンして、充分な量の例文をリストアップした。

ほとんどの手紙は、相手へのダイレクトな呼びかけで始まっている。これはもうすませたから、次は〝共通の話題〟…あの有能なお医者さんに会えなくて残念だったわね。彼女は重要人物よ。もっと正確に言えば、彼女の妹の子供たちが重要人物になるはずだってこと――彼女が今日の午後にその子たちのところを訪れて、鳥の歌のパターンについてあれこれ話し合えばね。で、あなたが、この手紙を解読する頃には、それはもう実行されてしまっている。あなたの手に捕まる前に、急遽《きゅうきょ》、彼女を病院に行かせないようにしたんだけれど、これってずるいやり口だった？　車のエンジントラブル、気持ちのいい春の日、病院が二年前に導入した、どれだけの性能があるか疑わしい安物のリモートアクセスのソフト――結果、あの有能なお医者さんは、家でテレワークをすることにしたというわけ。こうして、私たちはストランド6をストランド9に編み変えて、その結果、預言者たちが言っているように、私たちの栄光に満ちたクリスタルの〝未来はあまりにもまぶしいので、僕はサングラスをかけなくちゃならない〟ということになるのよ。

前回の遭遇のことを思い起こすと、あなたたちが、自分たちの目的のために、〝平土間の観客〟にはいっさい手をつけないことを確認できたのが最大の成果だったと思う。だから、私たちは爆弾で攻撃する。荒っぽいけど、効果的な方法よ。

あなたたちの〝ひそやかで精妙なやり方〟の意義はよくわかる。戦いの全部が全部、壮大なものじゃない。兵器のすべてがすべて、華々しくて過激なものじゃない。私たち、時間の中で戦っている者でさえ、〝それ以外にない〟瞬間に発せられるひとつの言葉の価値を忘れてしまっているのかもしれないわね。それ以外にはないエンジンの響きを、蹄鉄《ていてつ》に打たれる、それ以外にはない釘の価値を……。ひとつの惑星を破壊するのはあまりに簡単で、おかげで私たちは雪の吹き溜まりにささやきかける風の価値を見過ごしてしまっているのかもしれない。

さてと、相手への呼びかけは――すませた。共通の話題をめぐるディスカッション――これもすませた。おおむね。

この手紙を読んで、やれやれという顔で笑っているあなたの姿が目に浮かぶわ。以前にも、笑っているあなたを見たことがある——と思う。あなたたちの工作員が北京の夏宮《かきゅう》を焼き払った時、私は皇帝の驚異の時計仕掛け装置をできる限り救出したんだけれど、あの時、〈常勝軍〉の隊列の中にあなたがいた。侮蔑の念もあらわに猛々《たけだけ》しく宮殿の中を行進していく傭兵《ようへい》の一員になって、敵の工作員を追っていた。それが私だとは知らずに。

　というわけで、私は、あの時、あなたの歯に反射していた炎の輝きを頭に思い浮かべている。あなたは、私の内部に侵入したと思っている。私の脳に種子か胞子を植えつけたと思っている——あなたには、どんな植物的なメタファーが合うのか、よくわからないけど。でも、ここで、私は、あなたの手紙に対して、私自身の手紙で応じた。つまり、〝相互交流〟が生まれたってことよ。あなたの上司たちがこれに気づいたら、私の予測するところ、あなたにとって愉快とは言えない一連の尋問が始まることになるわ。どちらがどちらを汚染することになるのか——私たちはどちらも、これがお互いにとっての厄介《やっかい》なトロイの木馬であることがわかっている。あなたはこれに応じる？共犯関係を確立して、この自己破壊的な紙のやり取りを続ける？——最後の捨て台詞《ぜりふ》を言うだけのためだとしても。それとも、ここで打ち切って、私の言葉があなたの内部でフラクタル理論にのっとったスピンを続けていくのにまかせる？

　私ならどちらを選ぶかしら。

　最後は——締めくくりの言葉ね。

面白かったわ。

胴体を失った巨大な二本の石の脚（同前、シェリー「ソネット：オジマンディアス」の一節）によろしく。

レッド

レッドはパズルを解くように骨の迷宮を抜けていく。

ほかにも大勢の巡礼者が歩いている。サフラン色のローブか褐色の質素な手織りの服をまとった巡礼者たち。岩の上にサンダルを引きずる音が響き、曲がり角ごとに渦を巻く風が甲高い音を立てる。この迷宮はどのようにしてできたのかと巡礼者たちに訊くと、彼らはそれぞれの罪障と同様、各人各様の答えを返してくる。巨人たちが作ったのだ――とひとりが断言する。神々が巨人族を滅ぼしてしまう前に。神々はその後、〈地球〉を見捨て、この地は死すべき手を持つ者たちのもとにその運命を委《ゆだ》ねることになった（そう、これは〈地球〉だ――氷河期とマンモスの時代よりもずっと前。何百世紀ものちの時代の学者たちが、この惑星がおびただしい数の巡礼や迷宮を生み出してきた可能性があると考える、その時期よりもずっと前の〈地球〉）。最初の蛇がこの迷宮を作った――と別のひとりが言う。太陽の審判から隠れるために、下へ下へと岩を穿《うが》っていった。侵蝕でできたのさ――と三人目が言う。侵蝕と、構造プレートの音のない壮大な動きが、この迷宮を作った。これらの力は、ゴキブリたる我々には想像もつかないほどに大きくて、その動きは、我々トビケラには見ることもできないほどにゆっくりとしているんだ。

巡礼者たちは、うずたかく積み上げられた死者の骨の山の間を進んでいく。肩甲骨のシャンデリアのもと、肋骨に縁取られた薔薇窓。中手骨《ちゅうしゅこつ》が縁取る花輪。

レッドはもう、ほかの巡礼者には何も尋ねない。彼女には彼女のミッションがある。彼女は用心する。このはるかな過去のスレッドに小さなねじれを加えるのを邪魔されてはならない。迷宮の中心部に巨大な洞窟があり、その洞窟に入るとまもなく一陣の突風が吹いてくる。その風が、正しい穴の刻まれた骨の上を吹きわたっていく時に、巡礼のひとりが、その音を神の託宣ととらえる。この世のあらゆる物を捨て、遠い山の中腹に僧院を建てよと告げる神の託宣。その僧院は二百年間存続し、そして、ある嵐の夜、子供を連れて逃げてきたひとりの女を匿《かくま》うことになる……そんなふうに歴史が進んでいく。三世紀後に山崩れを起こすために、最初の石を転がすタスク。こうした行動が目を引くことはまずない。スクリプトから外《はず》れないかぎり、たいして難しい仕事でもない。今のところ、行く手を妨害するような気配はない。からかいの声ひとつ起こらない。

敵は——ブルーは——私の手紙を読んだだろうか。あれを書くのは楽しかった。勝利するのは気分のいいものだが、勝利した上にさらに相手をからかうのは、もっともっと楽しい。だから、あえて仕返しをする。任務以外のこうした報復行動を取るのが規律違反であることを承知の上で。あれ以来、レッドは任務の際には常に背後に気を配り、細心の注意を払って行動している。仕返しを待ち受けながら、あるいは、〈司令官《コマンダント》〉がそのささやかな違反行動に気づき、厳しい叱責を浴びせるのを待ち受けながら。レッドは、見つかった場合の自分なりの弁明をすでに用意している——違反は違反ですが、私はこれによって、より細心で周到な注意を払うようになり、工作員としての能力を高めてきました。

でも、これまでのところ、返信は来ていない。

私が間違っていたのかもしれない。結局のところ、敵は何も気にしていないのかもしれない。

巡礼者たちは先達《せんだつ》に従って知恵の道を歩んでいく。レッドは一行から離れて、闇の中、曲がりくねる狭いルートをたどる。

闇はまったく苦にならない。レッドの視覚は通常の目のように機能しているわけではない。空気の匂いを嗅ぎ、その嗅覚分析を脳に送り込むと、進むべき経路が提示される。レッドは、ある壁龕《へきがん》の前で足を止め、巡礼用の頭陀袋《ずだぶくろ》から小さなチューブを取り出して、壁龕に並んだ骸骨の山に赤色光を投射する。最初の壁龕では何も見つからない。二つ目の壁龕で、赤色光は、ある特定の大腿骨に、また別の特定の顎骨《がくこつ》に反射して、脈打つ縞模様を返してくる。

目的のものが確認できると、レッドは、その大腿骨と顎骨を袋にいれ、ライトを消して、さらに奥深くへと歩を進めていく。

まったき夜の中、不可視の存在となったレッドをイメージしてみよう。その足取りを一歩一歩——決して疲れることなく、土の上でも石の上でも決して滑ることのない着実な歩みを——想像してみよう。

太い頸《くび》の上で旋回し、正確なペースを刻みながら一方からもう一方へと精密な弧を描いてスイングする頭部を想像してみよう。胴体の内部でブーンブーンと鳴っているジャイロスコープの音に耳をすましてみよう（それだけは聞こえる）。

操作パラメーターの範囲内で、レッドは可能な限り迅速に移動していく。

さらなる赤色光の投射。袋に加わっていく、さらに多くの骨。時計をチェックする必要はない。視野の隅でタイマーがカウントを続けている。

必要とする骨をすべて集めたと思えたところで、彼女は下《くだ》りはじめる。

知恵の道のはるか下方では、死体は、この地を統《す》べる者たちによって使い果たされているが、壁龕はまだいくつか残っている——レッドの骨を納めてやろうと待ち受けているかのように。

だが、それらの壁龕ですら、ついに姿を消す。

直後、護衛の群れが襲いかかってくる。この地の支配者たる鋭い歯を持つ尼僧たちに育てられた、目のない巨人たち。その爪は黄色く、分厚く、ぱっくりと割れている。ただ、吐く息の臭いは、予想していたほどにすさまじくはない。

レッドはあっという間に音もなく彼らを打ち倒す。暴力的な手段を回避する時間的な余裕はない。

巨人たちの苦悶の声がもはや聞き取れなくなった時、彼女はようやく中央部の大洞窟に到達する。

この場所を見つけ出すまでに歩んできた自分の足音のエコーが変化したことで、それを感知すると、膝をつき、片手を前方に差し出す。残った岩棚はあと十センチ。その先は深く切れ落ちた奈落だ。強烈な寒風が吹きすぎていく。〈地球〉そのものの息吹《いぶき》、あるいは、はるか奈落の底にいる怪物の咆哮。風にあおられたいくつもの骨のモビールがカラカラと鳴る。肉体のはかなさを忘れずにいるために、尼僧たちがこの場に設置したモビール。闇の中、骨髄の繊維で吊り下げられた骨たちが歌い、回転する。

岩棚ぞいにそろそろと歩を進めていったレッドは、岩にしっかりと固定された巨大な木の株のひとつを見つけ出す。その株にモビールが下がっている。体をまっすぐに伸ばし、肩でバランスを取りながら、尼僧の骨に——遠い昔、ほかの尼僧によって吊り下げられた骨に——手を伸ばす。

目の隅のカウントダウン・クロックが、残り時間はもうわずかだと警告する。

ダイヤモンドの硬度を持つ爪で古い骨を切り離し、新たに置き換える骨を頭陀袋から取り出す。袋に集めた骨をひとつひとつ骨髄繊維でつなぐ。頭蓋骨と顎骨を、胸骨と剣状突起を、脊椎と尾骨を、腓骨《ひこつ》と脛骨《けいこつ》を連結させていく。

タイマーが鳴る。七秒。六秒。

レッドは素早く、完成した新しいモビールを手探りで木の株に結びつける。どこまでも切れ落ちている深淵の上、太古の木の株をつかんでいる個所が痛んでいると腕が告げる。

三秒。二秒。

株に結びつけた繊維を放す。新たな骨のモビールが奈落に向けて落下し、宙空にぶら下がる。

ゼロ。

猛烈な突風が大地を引き裂く。咆哮が闇に轟きわたる。レッドは石化した木の株にしがみつき、恋人よりもきつく抱きかかえる。暴風が絶頂に達し、叫喚し、モビールを烈《はげ》しく踊りまわらせる。と――骨がぶつかり合う猛烈な音の上に、別の音が立ち上がる。洞窟の烈風に目覚めさせられた新たな音。レッドが吊り下げた骨に刻まれている〝正しい穴〟にそってフルートのように響いていくその音は、次第に高まり、変化し、うねりながら、ひとつの声になる。

レッドは、その声が語る言葉を聴く。歯がむき出される。そこに現われているのは、鏡で見ることができるとしても、どうにも名づけようのないものだ。そこには畏怖《いふ》がある。そう、畏怖と、猛烈な怒りが。それ以外のいったい何がありうるというのか。

レッドは光のない洞窟をスキャンする。熱のサインはない。動きもない。レーダー音もない。電磁放射もクラウドの痕跡もない――もちろん、あるわけがない。レッドは見事なまでに無防備でさらけ出されている自分を感じる。銃撃に、あるいは真実が明かされる瞬間に備えて身構える。

不意に風がやみ、それとともに声もやむ。

静寂の奥に向けて、レッドは罵《のの》りの声を投げる。この時代を思い起こし、この地の豊穣の神々を刺激して〝まぐわい〟をうながす独創的な罵りの言葉を次々と叩きつけていく。そうして、罵倒の武器庫を使い果たすと、唸り声を上げ、言葉なく、奈落に向けて唾を吐く。

すべてをやりつくしたのち、レッドは、予告されたとおり、笑い出す。完膚なきまでにミッションを妨害された苦い笑いながら、それでも、そこにはどこか〝面白いじゃないの〟といった色合いがある。

その場を去る前に、レッドは吊り下げておいた骨のモビールをばらばらに切断する。このモビールを作るという巡礼レッドの役割は無益に終わった。巡礼者のひとりが神の託宣を聴いて僧院を建てることはないのだ。これからレッドは全力をあげて、この失敗がもたらす混乱を修復しなくてはならない。

切断された骨はくるくると回転し、また回転し、落下し、また落下していく。

でも、心配は無用。骨が奈落の底に到達する前に、〈シーカー〉がすべてをキャッチして回収する。

血まみれの牙と鉤爪《かぎづめ》を持つレッドへ

あなたの言うとおりよ。私、笑ったわ。あなたからの手紙は大歓迎だった。ものすごくいろいろなことを教えてくれたから。北京の夏宮で遭遇した時に、私の歯に炎が反射していたとあなたは考えているわけね。そんなディテールまで目が行き届くとわかっていたら、ささやかな悪意を表明しておいたのに。

さて、まずは陳謝から始めなくては。この手紙は残念ながら、あなたが期待していたような〝託宣〟ではないの。今、私の言葉を聴きながら、あなたはこう思っているんじゃないかしら——芯がくり抜かれてこの手紙が埋め込まれた骨はいったい誰のものなのかって。本当に、託宣を聴きそこなった巡礼者がかわいそう！　でも、現場にある物に細工するセッションを楽しんで、あとは象牙細工の上を吹きわたる風が再生してくれるにまかせておけばいいという時に、自己消滅する紙の手紙を残しておくなんて理由がどこにある？

心配しないで——あの巡礼者は申しぶんのない人生を送ったから。あなたが、こうあってほしいと考えた人生ではないとしても——幸せではなかったけれど、後世の人たちにとって大いに意味のある人生。弱い人たちを保護して、未来のパンチカードに穴を開ける新しい人生。僧院を建てる代わりに、彼は恋に落ちた！　仲間と一緒に素晴らしい音楽を作って、世界じゅうを旅して、ひとりの女帝に涙を流させて、彼女の頑《かたく》なな心を融かして、歴史をひとつの溝から別の溝に跳び移らせることになった。私が間違っていなければ、ストランド22はストランド56と交差しているはず。そして、未来のどこかで、蕾《つぼみ》が大きく膨らんで、このうえなく堪能できる輝かしい花を開かせたのよ。

あなたが、私の歯に反射した炎に気づくほど注意深いことがわかって、自尊心をくすぐられてしまうわ。いいこと、あなたが私のささやかなアート・プロジェクトをせっせと組み立てている時から、そしてこれからも、私はあなたをじっと見ているのよ。私が見ていることがわかっても、あなたは静かに作業を進める？　それとも、くるりと振り返る？　あなたに私が見える？　見えない場合は、手を振っている私を想像してみて。少なくとも、口もとが見えないくらいには遠くにいるはずだから。

ふふふ、からかってるだけよ。風が正しい方向に変わる頃には、私はもうとっくにいなくなっている。でも、私はあなたを振り向かせたわよね、違う？

私も、笑っているあなたの姿が頭の中に浮かぶ。

返事を待っているわ。

ブルー

巡礼者のいでたちで神殿に向かうブルー。髪は短く刈り上げられ、耳のまわりから頭頂部にかけて渦を巻いている集積回路の輝きがはっきりとうかがえる。目にはゴーグル、口にはギラギラ光るクロムのペイント、瞼《まぶた》にはクロムのフード。指先には、偉大なる神ハックへの崇敬を表わす古いタイプライターのキーが装着され、腕に幾重《いくえ》にも巻かれた金と銀とパラジウムの螺旋《らせん》のブレスレットが、浅黒い肌に映えて、これ以上はないほどに燦然《さんぜん》ときらめいている。

頭上から見ると、彼女は何千という巡礼者のひとりにすぎず、すり足で少しずつ神殿に向けて押し進んでいく無数の体にまぎれて、まったく見分けがつかない。陽光に焼かれた巨大なパヴィリオンの中央部には、掘削孔が開いている。その中に入る者はいない。これほどまでに大勢の礼拝者たちが中に入ったら、その熱は、神殿の内部に縦横に張りめぐらされたシリコンの配線の蔓の間に座す神を萎《しな》びさせてしまう。

だが、その内部こそ、ブルーが入らなければならない場所だ。

ブルーはダンサーの正確さで、指に装着したキーをひとつまたひとつと打っていく。A、C、G、T。

後ろ向きに、前向きに、分岐させ、また結合させながらリズミカルに打ち出されていくのは、彼女が何世代かにわたって育ててきた空気感染するウイルスソフトのコード配列だ。この神殿が支配する社会全体の神経回路網に、目に見えない蔓を伸ばしていく生命体——実行指令が出されるまでは無害なウイルスのコード。

ブルーは指を鳴らす。指の間にスパークが飛ぶ。実行指令。

巡礼者たち——一万人の巡礼者が同時に頽《くずお》れ、完璧に静まり返って、装飾品に包まれたひとつの巨大な山と化す。

彼らの線条細工の脳内でオーバーヒートした回路のシューシューパチパチという低いざわめきに耳を傾けながら、ブルーは何にも妨げられることなく、無能化された巡礼者たちの間を歩いていく。ピクピクと引きつる彼らの四肢が、打ち寄せる波のようにやわらかく踵《かかと》のまわりにうねる。

神殿を機能不全にし、このアタックをかけることで、私は、彼らの神に対する私自身の敬虔《けいけん》なる行為を遂行したのだ。そう思うと、ブルーは無性に楽しくなる。

神殿内の迷路を進んでいくブルーに残された時間は十分《じゅっぷん》。保守用のハシゴを一段一段、しっかりと握りながら下まで降りると、乾いた暗い壁に片ほうの手のひらを押し当て、破壊された配線網をたどって中央部を目指す。地下は寒く、むき出しの肌に触れる空気はさらに冷たく、深部に向かうにつれていっそう冷たくなっていく。ブルーは身震いするが、歩みをゆるめることはない。

神殿の中央部に箱型のモニターがある。ブルーが近づいていくと、スクリーンが明るくなる。

「ハロー、私はマッキントッ――」

「しーっ、シリ。私は謎々問答に来たの」

スクリーンに目と口が現われ――それはとても顔とは呼べない――ニュートラルなまなざしでブルーを見つめる。「たいへん結構。では、最初の問題――直角三角形の斜辺はどうやって計算しますか？」

ブルーは頭を一方に傾《かし》げ、できるだけ静かに立って、片側に垂らした手の指だけを曲げ伸ばししながら咳払いする。

「『炙《あぶり》の刻、粘滑《ねばらか》なるトーヴ／遥場《はるば》にありて回儀《まわりふるま》い錐穿《きりうが》つ』……」

スクリーンが一瞬、空電でちらつき、そののち改めてシリが問いかける。「パイの小数点以下六十二桁の値は？」

「『湖畔の草は枯れ／鳥の歌も絶え果てたというのに』」

シリの顔に、ひとつかみの雪が散る。「列車Aが午後六時にトロントを出発して時速百キロで東に向かい、列車Bが午後七時にオタワを出発して時速百二十キロで西に向かうと、両方の列車がすれ違うのはいつ？」

「『見よ！　今や呪いがおまえを包み／音なき鎖がおまえを縛っている／おまえの心と頭にはすでに／この言葉が投げられたのだ――滅《めっ》し去るがよい！』」

一閃《いっせん》の光が走り、シリはパワーダウンする。

「ついでに言っておくと」とブルーは、モニターに軽やかに歩み寄り、横にある大きな鞄に入れるためにコンピューターの本体を持ち上げようとしながら、こう付け加える。「オンタリオは最低よ。預言者たちが言っているとおり」

スクリーンが再びぱっと明るくなる。ブルーは驚いてあとずさる。スクリーン上を文字列が横にスクロールしていく。読んでいくブルーの目が見開かれる。青白いスクリーンの光がクロムのペイントに反射する中、唇がゆっくりと広がっていって、獰猛な笑いを形作る。

ブルーは最後にもう一度、指のキーをカチッと鳴らす。指の間からキーがこぼれ落ちる。ギラギラ光る口のペイントが、腕に巻いた金属がこぼれ落ちる。彼女がサイドステップを踏んでブレイドの奥に消えると、こぼれ落ちた装飾品の山が震え、みるみる錆びつき、粉々に砕けて、洞窟の床に広がる細かい砂と見分けがつかなくなる。砂をたどっていく〈シーカー〉は、そのひと粒ひと粒をすべて見分ける。

何と大胆不敵な侵入！　拍手大喝采！　あなたの特徴的なサインに気づくまでは、あなたたちが、こんなはるかな未来のストランド８８２７に工作するリスクを冒すなんて、まるっきり考えもしていなかった。同じストランドで、同等の、正反対の侵入工作が行なわれている――そんなこと、想像するだけで身の毛がよだってしまう。どうか、〈司令官《コマンダント》〉が私をあなたたちの世界のどれかに派遣したりしないよう、因果律が厳しく律してくれますように。あなたたちの世界――蔓植物とミツバチの巣箱でいっぱいの妖精世界。どこもかしこも花だらけ、枝垂《しだ》れた古い樹々、神経細胞の花粉、目と舌で記憶を集めるハチたち、その巣から滴り落ちる知識のハニー・ライブラリー。そんな世界でミッションを成功させられるなんて幻想はいっさい抱いていないわ。あなたたちは一瞬で私を見つけて、あっという間にグシャグシャにつぶしてしまうに決まっている。どれほど静かに歩こうとしても、結局は、あなたたちの青々とした世界の中の腐った細い帯の上を歩かされるに決まっている。植物相手の私のスキルなんて、せいぜいチェレンコフ・グリーン程度でしかないのよ。

（わかってる、わかってる、チェレンコフ放射光は……そう……青《ブルー》よね。でも、せっかくの素敵なジョークを事実でぶち壊すなんてことはするもんじゃないわ）

それにしても、あなたは精妙だった。あなたが接近してくるサインはほとんど聞き取れなかった。そのサインが何だったかは絶対に教えない。理由はあなたにもわかるわよね。よかったら、こんなふうに考えてみて――私は、階段の一番上の誰からも見られない場所に座って、膝の上に顎を載せて、階段を登ってくる泥棒の足音をカウントしていた。この点で、あなたはなかなかの腕を見せたわ。あなたは、この目的のために育成されたの？　いずれにしても、あなたたちの側は、このプロセスをどんなふうに操作しているの？　彼らは、あなたがどんな存在になるかがわかった上で、あなたを作り出したの？　ありとあらゆる事態に対処できるよう訓練して実践を積ませてきたの？　私には、本当は心配でたまらないのに笑みを絶やさずに監視を続けているカウンセラーに引率された、おぞましいサマーキャンプくらいしかイメージできないんだけど。

あなたをここに送ったのはボスたち？　そもそも、あなたたちにはボスがいるの？　ボスじゃなくて女王様？　司令系統にいる誰かが、あなたをいじめてやろうなんて思う可能性はないの？

こんなふうにあれこれ尋ねているのは、本当は私たち、ここであなたを捕まえることができたはずだったからよ。このストランドはとっても重要な支流で、〈司令官《コマンダント》〉は大量の工作員を配備することもできた。人員損耗《そんもう》のリスクもたいしたことないし。今、この部分を読みながら、そんな連中が大挙して襲いかかってきたとしても、簡単にかわしてしまってると思ってるでしょ。実際、あなただったら難なくやってのけてるだろうけど。

ただ、工作員たちはみんな、どこかで忙しく動きまわっているから、わざわざ呼び戻して改めてここに派遣するなんて時間の無駄（ははっ！）以外の何ものでもないし、私がひとりで対処できることで〈司令官《コマンダント》〉をわずらわせることもない――というわけで、私が直接、介入することにしたわけ。私にとってもあなたにとっても、そのほうがずっと楽よね。

もちろん、私には、あなたがこのかわいそうな人たちの神様を盗むのを見過ごすことはできなかった。私たち、ここが〝絶対に〟必要だというわけではないけれど、でも、ここみたいな場所は必要としている。こうしたパラダイスを一から作り直す（でなくとも、残骸から、その輝きを回復させる）ためにどれほどの仕事をしなくてはならないか、あなたにも簡単に想像がつくわよね。ちょっとでいいから考えてみて――あなたが成功していたら、どうなっていたか。あなたが、あのマシンを盗み出していたら――このストランドの暗号論的乱数生成システムは、あのマシンのゆるやかな量子崩壊プロセスに依存している――これが暗号危機のトリガーを引いてしまったら？――その危機が、ここの人たちにフードプリンターを信用させなくなる事態を招いたら？――飢えた大衆が暴動を起こしたら？――その暴動が、私たちの戦いの火に油を注いでさらに烈《はげ》しく燃え上がらせることになったら？――そうしたら、私たち、最初っからやり直さなければならなくなってしまう。ほかのストランドも――たぶん、まずはあなたたちのブレイドから――どんどん解体していって、とどのつまり、今よりもさらに深くお互いの喉に食らいつき合うという事態になってしまう。

それと、もうひとつ――こうすれば、あの納骨堂の洞窟での骨のトリックに仕返しができるじゃない！――私自身の言葉で！　でも、そろそろ終わりにしなきゃ。あなたは十九世紀のストランド6がお気に入りみたいだから、あそこで見つけた『リーヴィット夫人の手紙のマナー入門』（ロンドン、グースネック・プレス、ストランド街61番地）の指示に従って締めくくることにするわ。リーヴィット夫人は、手紙は一番重要な話題——これが何を意味しているにせよ——を要約して終えるようにって言っている。だから、最後の言葉は以下のとおり——はっはっはっ、ブルーザー、おまえのミッション・ターゲットは別のお城にある！

ハグとキスを

レッド

PS：あのキーボードには、ゆっくりと効いてくる毒が塗ってあったの。一時間したら、あなたは死ぬわ。

PPS：からかってるだけよ！　それとも……？

PPPS：ふっふっふっ、からんでるだけ。でも、追伸って、ほんと、楽しい！

森の中で樹々が伐《き》り倒され、大きな音が響きわたる。

遊牧民族の男たちがその間を動きまわり、伐り倒された樹の状態を調べ、斧をふるう。松の切り株に鋸《のこぎり》の低い音が響く。五年前には、この戦士たちは、このような森を見たことがなかった。故郷《ふるさと》にある聖なる樹林はゾーンモドと呼ばれている。ゾーンモドとは〝百本の樹〟という意味で、これは、彼らが、ひとつの場所に生育できる樹は百本までだと考えていたからだ。

だが、ここには百本よりもはるかに多い樹が立ち並んでいる。その数はあまりに多く、わざわざ数えてみようとする者などいない。湿った冷たい風が山々から吹きおろし、樹々の枝がイナゴの翅《はね》のようにザワザワと鳴る。松の針葉の影のもとで、戦士らは頭を低くして作業に精を出す。

大木が倒れかかると氷柱《つらら》が落ちて勢いよく砕ける。大木が倒れると、頭上を覆っていた緑の葉の間にぽっかりと何もない空間が開き、冷たく白い空が顔を覗かせる。そこに浮かぶ平べったい雲を、戦士らは森の陰鬱さよりも好んでいるが、かといって、愛してやまない故郷の空の青ほど気に入っているわけではない。彼らは伐り倒した樹の幹にロープをかけ、下生えを踏みつけながら野営地へと引きずっていく。野営地で、樹の皮をはぎ、板にし、鉋《かんな》をかけて、偉大なる汗《ハーン》のための戦争機械を作るために。

戦士の中には、自分たちの状況の不思議な変容を感じている者もいる。彼らは若い頃、最初の戦いを弓と矢で勝利した。馬に打ちまたがって、二十人の敵に十人で、三百人の敵に二百人で立ち向かい、次々と勝利していった。やがて、彼らは、敵を攻撃する際に川を利用すること、敵の砦《とりで》の城壁に鉤縄《かぎなわ》をかけて引き倒すことを学んだ。最近では、町から町へと駆けめぐって、学者や聖職者や技術者を――読み書きができ、交易を知っている者たちを狩り集め、タスクを課している。おまえたちには、食糧、水、休息、その他、騎馬戦士の軍隊が与えうるかぎりの安寧《あんねい》が約束される。それと引き換えに、敵が我らに投げかけてくる問題を解決せよ。

かつて、騎馬戦士たちは断崖に打ち寄せる波のように敵の要塞に押し寄せたものだった（彼らのほとんどは波も断崖も見たことがなかったが、旅人たちが遠い異国の地から様々な物語を運んできた）。それが、今では、敵を虐殺し、砦へと追い込んで降伏を迫り、降伏がなされないことが確実だと判断すると、攻城兵器を持ち出して町の要《かなめ》を打ち破るようになっている。

だが、これらの兵器には材木が必要だった。そこで、一団の戦士が送り出され、今しも森の亡霊たちから木材を盗む作業に勤《いそ》しんでいるという次第だった。

レッドは馬に乗って数日間、悪路の旅を続けたのち、森に入ってから馬を降りた。腰のまわりに絹の帯を巻いた厚い灰色の長衣をまとい、髪をすっぽり覆う毛皮の帽子が凍える寒さから頭を護っている。

重々しい足取りで肩を怒らせて歩くレッド。この役割は少なくとも十年にわたって続けられている。部族の女たちももちろん馬に乗る。だが、今のレッドは、彼女に指令を下す者、彼女の指令に従う者たちに関するかぎり、男だった。

この攻城兵器製作現場でのレッドの仕事は、全体状況を逐一記録し、司令部に報告することだ。吐く息が白く、息をするそばから凍って、きらきらと輝く氷の結晶になっていく。この寒さの中、湯気のあたたかさが恋しくなったりしないのだろうか？　壁と屋根があればと思っていないのだろうか？　手脚と胸部の全体に埋め込まれた移植組織——本来なら、寒気《かんき》を遮断し、寒さを感じないようにし、彼女が送り込まれたこの時代の環境から肌を完全にシールドしてくれる人工器官——が機能停止状態にあるのを残念に思っていないのだろうか？

そこまでのことはない。

レッドは樹々の濃い緑に目を向ける。伐採《ばっさい》のタイミングを計る。空の白さを、肌を切り裂く風の強さを記録する。立ち働いている男たち（ほとんどが男だ）の名前をひとりひとり思い出す。潜入工作に入って十年、部族の一員として暮らし、自分に能力があることを示し、現在の地位に到達すべく努力を続けてきた結果、今、彼女はこの戦《いくさ》の場に完全に溶け込んでいる自分を感じている。

十年をかけて、彼女は自分を完全に適応させることに成功した。

男たちが敬意と畏怖を示して引き下がる中、レッドは、腐っている気配はないかと、積み上げられた丸太を検分していく。かたわらにつないだ粕毛馬《かすげ》が鼻を鳴らし、地面を踏みつける。手袋をはずして丸太に指先を走らせる。一本また一本。年輪をなぞり、樹齢を確認していく。

そして足を止める。手紙がある。

膝をつく。

男たちが周囲を囲む。何がこんなにも監督官を動揺させているのか。不吉な兆《きざ》し？　呪い？　伐採に何か問題があったのか？

手紙は樹の芯から始まっている。ある個所では広く、ある個所では狭い年輪が、一連のアルファベット記号を構築していく。レッド以外、この時代の人間は誰ひとりとして知らないアルファベット。記号は小さく、ところどころに汚れが現われるが、やがて静かに落ち着く。テクストの一行ごとに十年、それが何行も何行も。根の遺伝子をマッピングし、毎年毎年、養分を付与したり取り除いたりしながら形作られていくメッセージ——これを完成させるまでに何世紀もの歳月がかかっているのは間違いない。もしかしたら、このあたりには、森の中に一瞬姿を現わしては消えていく妖精か氷の女神の伝説が伝わっているかもしれない。レッドは思う。この樹のレコード盤に針を置きながら、その妖精はいったいどんな表情を浮かべていたのだろう。

レッドはメッセージを記憶する。年輪の一本一本に触れ、一行一行をなぞりながら、年月がゆっくりと作り出したメッセージを読み解いていく。

レッドの目の色が変わる。男たちは十年間、彼女と付き合ってきたが、こんな顔つきを見たことは一度もない。

ひとりが言う。「その樹は捨てますか?」

レッドはかぶりを振る。この樹は兵器に使われなくてはならない。そう口に出して言ったわけではないが、兵器にしないと、誰かが捨てられた樹を見つけて、いま自分が読んだものを見つけるかもしれない。

一同は伐り倒した樹を野営地に引きずっていく。適切な大きさに切り、縁《ふち》を揃え、板にして、攻城兵器に仕立て上げる。二週間後、これらの板はばらばらになって、猛攻を受けて陥落した町の城壁のまわりに散乱する。町は陥落してもなお炎上し、叫喚しつづける。騎馬軍団は背後に血の海を残して、さらに進軍を続ける。

ハゲタカが何羽も旋回しているが、この地での饗宴《きょうえん》はすでに終わっている。

荒廃した大地を、破壊された町を、〈シーカー〉が歩んでいく。〈シーカー〉は兵器の残骸の間から割れた板を拾い集め、陽が落ちる中、それらの破片をひとつまたひとつと、指の間に走らせていく。

彼女の口が大きく開かれるが、声は発せられない。

パーフェクトなレッドへ

モンゴルの人たちは、いったいどのくらいたくさんの板《ボード》を貯め込め《ホード》ば気がすむの？　モンゴルの軍団《ホード》がうんざり《ボード》してしまうなんてことはないの？　このストランドでの仕事を終えたら、たぶん教えてもらえるわよね。

私を捕まえられたはずだという考えは、あまりにも華々しくって、正直、すっかり圧倒されてしまった（本当に私を立ち往生させたと思ったの？　まさかね、おあいにくさま）。あなたはいつも物事を安全に進めるの？　正確無比の計算ができるから、予想される成功率が八〇パーセント以下のシナリオは、即、却下するの？　あなたがつまらないポーカー・プレーヤーになると考えると悲しいわ。

でもね、私は、あなたが間違いなく、〝見事ないかさま〟をやるプレーヤーだと思っている。そのほうがずっとホッとする。

（私に勝たせるような真似はしてほしくない。絶対に。それだけは願い下げ！）

ストランド8827で私はゴーグルを着けていたけれど、想像してみて――あなたの素敵な尋問を読んでいて、私、思わず目を見開いてしまった。ボスたちが私をあそこに送ったのか、って！

私にもボスがいるのか、って！　私たちの司令系統が腐敗堕落してるんじゃないか、って！　私の育成と訓練の日々に対するチャーミングな気遣い！　コチニール、あなた、私をリクルートしようとしているの？

「とどのつまり、今よりもさらに深くお互いの喉に食らいつき合うという事態になってしまう」——何てこと、あなた、まるで、これが悪いことだと思っているみたい。

今、私がつくづく考えているのは——この戦争の全体の内で、私たちがいる小宇宙は何なのだろうということ。私とあなたの物理学はいったいどうなっているのか。ひとつのアクションと、それと同等で正反対のリアクション。私たちの——あなたの言葉を借りれば——〝蔓植物とミツバチの巣箱でいっぱいの妖精世界〟vsあなたたちのテクとメカのディストピア。私たちはどちらも、そんな単純なものでないことはわかっている。手紙の返信が単に正反対の立場からのものでないというのも同じ。でも、どのカモノハシのどちらの卵が先だったのか。目的は必ずしも手段と一致してはいない。

哲学談義はこのくらいにして、あなたが言ったことを簡単に繰り返させてもらうわ。あなたは私を殺せるはずだったのに、そうしなかった。あなたは《エージェンシー》に知られることも制裁を受けることもないよう行動した。《ガーデン》の暮らしに対するあなたのヴィジョンは、辛辣で軽率な反応を喚起しようという計算された試みとして読めば（この手紙を、文字を少しずつ成長させていって完成させるまでにかかった時間を考えると、笑うしかないわよね）見事なまでにばかばかしいステレオタイプでいっぱいだと言うしかないけれど、でも、実際に何も知らなくて興味津々だということを告白していると考えれば、とても熱のこもった美しい言葉で語られていた。（私たちのところには、実際、素晴らしい蜂蜜があるの。一日の涼しい時間に、蜂の巣の一番ねっとりしたところを、柔らかいチーズと一緒に、あたためたパンに塗って食べるのが最高。あなたたちのような人でも、今も何かを食べるの？　ストランドの最先端の食餌に最適化された代謝機構を持っているわけだから、チューブと静脈栄養だけでいいんじゃないの？　あなたは眠るの？　レッド、あなたは夢を見る？）

もうひとつだけ、この樹の寿命がつきてしまわないうちに、あなたの指揮下にある忠実な仲間たちがこの樹で敵の町を包囲するための兵器を作ってしまう前に、手短に――あなたは手紙に何を期待しているの？　手紙をやり取りして、どうするつもり？

何でもいいから、本当のことを言って。でなければ、何も言わないで。

ブルー

Best

PS：私の代わりにリサーチする手間をかけてくれたこと、感謝するわ。『リーヴィット夫人の手紙のマナー入門』はいい本ね。追伸の楽しさを知ったからには、次は、いい香りのするインクと封蠟《ふうろう》であなたにどんなことができるか、楽しみよ！

PPS：今回はトリックはいっさいなし。妨害行為もなし。このストランドのチンギス・ハーンに、私からよろしくと伝えて。チンギスと私、若い頃に、並んで寝そべって一緒に雲を眺めていたのよ。

ブルーは、自分の選んだ名前が周囲の至るところに反映しているのを見る。月光が照らす、つるつるに凍った氷原、流氷がびっしりと覆う海洋。航行中に攪拌《かくはん》されていた水も今はガラスに変じている。ほかの船員たちが眠っている間、ブルーはデッキに立って乾パンをかじる。手袋についたパンくずを払い落とし、落ちていった欠片《かけら》が真っ黒な海面に白い斑点となって散るのを見つめる。

この二本マストの帆船の名は〈ザ・クイーン・オブ・フェリーランド〉。船倉を戦利品でいっぱいにしようと逸《はや》り立ち、オフシーズンに高値で売るアザラシの毛皮と肉と脂を獲れるだけ獲ってやろうと目をぎらつかせている、定員をはるかに超えるアザラシ猟師たち。ブルーの関心は脂にもあるが、しかし、真の目的は、一帯の新しい蒸気機関テクノロジーの普及状況の確認と、その排除工作だ。遅々としてではあるものの、成果は少しずつ上がっている。蒸気機関産業を転覆させられるかもしれない歴史上の一時点、スキュラとカリュブディスの間にある状況を何とかうまく操って、最終的に《ガーデン》の世界へと導いていくための舵取り。

このニューファンドランドの漁場が壊滅するか生き延びるかには七つのストランドがかかわっている。

ある者にとってはどうでもいいことだが、ここには絶対的な重要性があると考えている者もいる。時々、ブルーはこんなふうに思う。いったいどこの誰が、ストランドの数を減らすことにこんなにも汲々《きゅうきゅう》とするというのか。また、別の時にはこうも思う。どこかで新しいストランドがスタートすれば、その数は無限になってしまうではないか。

とはいえ、ミッション中にそんな思いが浮かぶ日はまずない。

ミッション中にブルーが何を考えているかなど、誰にもわかるわけがない。ミッションはしばしば、その時々の人の一生に及ぶ。アザラシ用の鉤《かぎ》をふるうようになるまでには様々なストーリーを紡ぎ出さねばならず、それらのストーリーが実を結ぶまでにも何年もの歳月がかかる。数えきれないほどの役割をこなし、数えきれないほどのドレスやパーティやズボンや密接な人間関係を少しずつ進展させていって、ようやく、彼女は、この帆船のみすぼらしい寝室を自分のものにし、ニューファンドランドの冬の極寒から護ってくれる不格好な衣服に身を包むに至ったのだ。

地平線がまばたきし、その上で朝が大きく欠伸《あくび》する。猟師たちが舷側《げんそく》から続々と氷原に降り立つ。ブルーもその中にいる。一同は猟の道具を手に、いっせいに氷上に散り、笑い、歌いながら、アザラシの頭を叩き割っては皮を剝《は》いでいく。

三頭の皮を船上に放り投げたあとで、獰猛そうな巨大アザラシがブルーの目を捕らえる。アザラシは威嚇するように一瞬頭を上げたのち、海中に逃げようとする。だが、ブルーのほうが速い。鉤《ハカピック》つき棒の一撃で、アザラシの頭は卵のようにぐしゃりとつぶれる。ブルーはかたわらにしゃがみ込み、毛皮をチェックする。

続いて起こったことに、ブルーはハカピックを叩きつけられた思いを味わう。氷に縁取られた毛皮の間、手漉《てす》き紙を思わせる斑《まだら》模様の散る毛皮の上で斑点が融けていき、ひとつの言葉を形作る。「ブルーへ」

彼女は手を震わせることなく皮を切り裂く。呼吸が乱れることもない。これまで、たいていの場合、手袋を汚さずに解体作業をやってきたブルーだが、今回ばかりは、さらに深く肉の奥にナイフを入れていく両手が、その名のように真っ赤《レッド》に染まる。

ぬらぬらと光る内臓に埋もれて、消化されていない干からびたタラの一片が姿を現わす。その表面いっぱいに、浅く、また深く刻みつけられた文字。自分でもそれと気づかぬまま、ブルーは氷上に腰を落ち着け、あぐらを組んで、すっかりくつろいだ気分になっている。まるで、アザラシの腸《はらわた》ではなく、いい香りのする濃いお茶がかたわらで湯気を立てているかのように。

毛皮はとっておこう。干からびたタラは粉々にして、嫌な臭いのするバターを塗った乾パンに振りかけて夕飯に食べよう。肉は、通常のやり方で処分しよう。

ブルーの軌跡をたどる〈シーカー〉が風のように厳然とやってきた時、青い雪の上には黒ずんだ赤の染みだけしか残っていない。〈シーカー〉は両手と膝をつき、染みを舐《な》め、吸い、噛む。雪上の色が完全に消え去るまで。

親愛なるムード・インディゴ

謝らなくちゃ、えーと、何もかも。前の手紙をもらってから、私のパースペクティブでは、とんでもなく長い時間がたってしまった。あなたのパースペクティブでもたぶんそうよね。あれから、私はチンギス・ハーンのところでさらに十年間過ごして（ところで、チンギスからもあなたに「よろしく《ハーィ》」とのこと。チンギスはあなたに関する——少なくとも私はあなたのことだと思ったんだけど——ものすごく面白い話をいっぱい聞かせてくれた）、そのあとにアフター・アクション報告、あれこれが終わったあとに、通常のルーティーンの範囲内のブレイド再編成ダンス。一切合財《いっさいがっさい》を引っくるめての評価は、合格よ——いつもどおり。いつもどおりのナンセンス。あなたたちもきっと同じようなことをやってるんでしょうね。《エージェンシー》は、遠い遠いスレッドの果てにでんと座り込んで、工作員たちを過去に送り出す。工作員が戻ってくると、〈司令官《コマンダント》〉は疑惑の目を向ける。そう、私たちはトラベル中に変わってしまうの。そう、私たちには〞影〞ができて、閉じこもって、非社交的に行動するようになるの。勝利の代償として再適応が必要になるわけ。そんなこと、彼らにはわかりきっているはずだと思うんだけど。

それにしても、あなたのユーモア感覚ときたら、私、回復するのに一年近くかかってしまったわよ。軍団《ホード》が板《ボード》を貯め込《ホード》むだなんて！

あなたが言っていた香りと封蠟《ふうろう》のこと、リーヴィット夫人の『入門』で確かめてみたわ。そもそも、紙の手紙というもの自体が、コミュニケーションの基本としては直観に反するものよね。まずもって、純然たる物理的な物質である破れやすい紙の切れ端に全データが載っていて、クラウド中のゴーストだって入り込む余地がない。それをさらに展性のある物質で封じて、しかもその上に象形文字みたいな印鑑《ハンコ》を押すだなんて！　こんなことをしたら、どんなスパイにだってメッセージの送り手がわかってしまうじゃないの！　送り手の役割も、もしかしたら、メッセージの目的まで！　作戦遂行上の機密保全の観点からしたら、とんでもない話よ。でもまあ、預言者たちが言っているとおり、〝高すぎて登れない山なんてない〟というわけで、こうして干からびたタラに綴《つづ》っているという次第。あなたがアザラシをぶちのめす仕事を楽しんでいることを願うわ。余分な香りは何もつけなかったけれど、この紙ならぬタラの媒体《メディア》には、ほかにはない特有の香りがあるわよね。

手紙には一種のタイムトラベル感がある。そう思わない？　私は、私のささやかなジョークに笑っているあなたを想像する。うめき声を上げるあなたを想像する。私の言葉を放り投げてしまうあなたを想像する。あなたはまだそこにいる？　もしかして、私、からっぽの空気とアザラシの死骸にたかっているハエに語りかけているんじゃない？　あなたは私を五年間、放っておくこともできる。二度と戻ってこないことだってありうる。どうなるかわからないままに、私はこの手紙を最後まで書かなくちゃならない。

あれこれ考え合わせると、私は既読通知が好き。あれは、ネットを通じたゆるやかなテレパシーの即時の握手といったところだから。でも、手紙は、いろんな制約があることも含めて、魅力的なテクノロジーだわ。

私たちは物を食べるのか――そうあなたは訊いていた。

これには答えるのが難しい。単一の〝私たち〟というのは存在してなくて、たくさんの〝私たち〟がいるのよ。この〝私たち〟は様々に変化して、不連続に重なり合っている。時計の機構をじっくり眺めてみたことはある？　本当に本当に精巧な時計のことを言ってるんだけど――私が何を言いたいのか理解したければ、スレッドを降りていってキリスト紀元三十三世紀のガーナに行ってみて。首都のアクラのリミティッド無限責任会社《アンリミティッド》が素晴らしい時計を作ってるわ。砂粒ほどしかない透明なナノスケールの歯車。普通の目では見えない歯のひとつひとつ、アクションにカウンターアクションにコンプリケーション。これらが重なり合って、万華鏡のように光を切り裂く。そして、超精密な時間を刻む。あなたたちの〝ひとり〟に対して、おそろしくたくさんの〝私たち〟――ピースの上に重ねられたピースの群れ、そのひとつひとつが独自の軌跡を、欲望を、目的を持っている。ひとりの人間が別のいろんな空間で異なった顔を持つことができる。遊びで心と体を交換する。誰もが自分の好きな何にでもなれる。《エージェンシー》が課している規制は、ほんのちょっぴり。そんな状況下にある私たちが物を食べるか。

私は食べる。

実際問題としては、食べる必要はないの。私たちはポッドで育つし、基本的な知識は同時出生群《コーホート》のひとつひとつに瞬時に与えられて、栄養バランスはゲル槽で維持されている。私たちのほとんどはゲル槽にとどまって、マインドだけが実体のないままに虚空を貫いて星から星へとひらひら飛びまわる。私たちはリモートで暮らし、ドローンを通して探索する。物理的な世界は無数にある世界のひとつでしかなくて、ほかの大半の世界に比べれば全然面白いものじゃない。中にはポッドから出て放浪する者もいるけれど、それでも、一回のチャージで数カ月は自分を維持していけるし、戻りたくなったらいつでも戻れるポッドがある。

もちろん、こうしたことはほとんど民間人の話。工作員はもう少し自律したモード操作を必要とする。私たちは集合体から切り離されて、それぞれ独自の身体に移行する。そのほうが、作戦遂行上、ずっと楽だから。

物を食べるって野蛮な行為よね。そうじゃない？　理論的に、ということだけど。それまでずっとハイパースペースのリチャージング・ステーションに、太陽光と宇宙線に慣れ親しんできたというのに――それまでに知った美のほとんどが巨大マシンの心臓部にあるというのに――土の中で育った〝食べ物〟を唾だらけの歯茎《はぐき》から突き出した骨を使って砕いてグチャグチャにして、口から心臓の下にある酸でいっぱいの袋までつながったぬるぬるの管をスムーズに降りていくようにする行為が魅力的だと思うのは、とっても難しいことだわ。ポッドから出されたばかりの新人工作員は、まず、これに慣れるのに長い時間がかかる。

でも、私はこのところずっと、食べるのを楽しんでいる。公には認めたくないけれど食べるのを楽しんでいる工作員は、ほかにも大勢いる。正直、私は食べるのが楽しくってたまらない。人が、そんなことをする必要がない時こそ探求するのが楽しくてならないというようなものね。ランナーは、ライオンから逃げる必要がない時に走るのを楽しむ。セックスもそう。動物的なやけくその――失礼――生殖本能から切り離されると、セックスはずっといいものになる（しばらくの間、セックスの機会がなかった状況から解放された時でも。この二十年、モンゴルでの潜入生活を続けて、それに伴う乾期――つまり、いくら欲しても得られないという期間を体験したあとで、当然のようにこのことに気づいたわけ）。

メープルシロップとたっぷりのバターがジュワジュワと融けていくブルーベリー・パンケーキにかぶりつく。ふわっとした感触が広がって、ベリーが歯でプチプチと弾《はじ》けて、口の中いっぱいにバターが溢れ返る。その食感とおいしさを、じっくりと味わう。〝飢える〟という状態には絶対にならないから、あわてて次のひと口に移るなんてことはしない。私はガラスを食べる。ガラスが歯茎を切っていく中で、ミネラルを、金属成分を、不純物を味わいつくす。どこかの考えなしが砂の上澄みだけをすくってできたビーチが目に入る。小石は川の味がするのに。こすり取られた魚の鱗《うろこ》の味がするのに。遠い昔に消滅した氷河の味がするのに。パリパリカリカリとしたセロリみたいな口当たり。この感覚を、私は同類の小石ファンと共有する。私も彼らの感覚を共有する。ただ、ここには時間差があって、粒度センサーの精度の問題が残っているんだけど。

……とまあ、グダグダと何ともまわりくどい話を続けてきたけれど、要するに、私は食べるのが大好きなの。

たぶん、過剰なほどにね。《エージェンシー》に戻ると、大っぴらに物を食べられる機会なんてめったにない。そんなことをすれば、即座に〈司令官《コマンダント》〉が矢継ぎ早に質問を投げかけてくる。スレッドを過去に遡って、誰もが〝四六時中〟物を食べている場所に行くと退廃的《デカダンス》な悦楽感に包まれるわ。

あなたのほうはどうなの？　必ずしも、どんなふうに食べているのかということではなくて、でも、詳しく教えてくれる気があるのなら何でも遠慮なく話して（あの蜂蜜とパンの描写――あれにはお礼を言うわ）。私は、私たちのオーバーラッピング・モデルについて、ちょっぴり説明した―

―公的にもプライベートでも、関心を共有し、感覚を共有するコミュニティについて。あなたたちの側にも似ているところはある？　ブルー、あなたに友達はいるの？　どんな関係？

本当のことを言って、とあなたは言った。だから、そうした。私が手紙のやり取りに何を期待しているか。理解。交換。勝利。ゲーム――手紙をどんなふうに隠してどんなふうに見つけるか。あなたはとても敏捷な相手よ、ブルー。ほとんど勝ち目のないゲームにも手を出す。それでいて連戦連勝。私たち、戦争の場にいるのに、お互いを楽しませ合っているのも同然ね。でなければ、最初に私をからかった時に、どんな理由があったの？

Yours

レッド

PS：コチニール！　やっと意味がわかった。（コチニール：赤色の色素）

アトランティスが沈む。

当然の報《むく》いよ。レッドはアトランティスが大嫌いだ。何よりもまず、アトランティスの数が多すぎる。おそろしく多くのストランドに、おそろしく多くのアトランティスがあって、そのどれもが必ず沈んでいく。ギリシア沖合の島アトランティス、大西洋中央部の大陸アトランティス、クレタ島の進歩した前ミノア文明のアトランティス、エジプト北部の上空を浮遊する宇宙船アトランティス、などなどなど。どれもが沈んでしまうため、ほとんどのストランドでアトランティスは完全に姿を消し、夢想と、頭のおかしな詩人たちのとんでもないつぶやきを通して知られるのみの存在となっている。

これだけ多くのアトランティスがあるおかげで、レッドはひとつだけをフィックスすることができない。フィックスするのに成功していない。時には、これらのストランドが、レッドの目的を妨害するために次々とアトランティスを生み出していっているようにさえ思える。これらの平行世界は共謀しているのだ。歴史が敵と手を組んでいるのだ。工作員となって以来、レッドは、三十回、四十回、これでもう終わりだと思いながら、炎上し沈んでいく島から歩み去った。三十回、四十回と、指令が下った――

もう一度行け、と。

爆発する火山の麓《ふもと》で、浅黒い肌のアトランティス人たちが必死に船に向かっている。片腕に泣き叫ぶ男の子を抱え、もう一方の手で女の子の手をしっかりと握っている母親。そのあとに続く父親。神々の像を運ぶ父親の煤《すす》まみれの頬を伝い落ちていく涙。男性と女性の司祭は神殿にとどまっている。二人はそのまま焼け死ぬことになる。彼らは犠牲としての人生を生きてきたのだ――またしてもこの二人が死ぬ? レッドは経緯を追えなくなっていた。これはまずいとレッドは思う。

彼らは犠牲としての人生を生きた。

神々と子供たちを先頭に、アトランティス人たちは船に乗り込んでいく。大地が揺れ、空が燃える中、最も勇敢な者も、ひとつのことだけに打ち込んできた者も、それぞれの仕事をあとに残したまま島を離れる。ノートも計算式も新しいエンジンも置き去りにされる。船で運ばれるのは住民とアートだけ。新たな数学理論を記したノートは焼け、エンジンは融け、アーチは崩れ落ちて塵《ちり》となる。

もっとおぞましいアトランティスはいくらでもある。それらに比べれば、この島は取り立ててどうということもない。クリスタルもなければ、飛翔する車も、完璧な政府も、サイキックパワーもない(最後の二つは、いずれにしても存在しない)。それでもなお、あの男性は、通常の平均よりも六世紀も早く、蒸気‐風車エンジンを作ったし、こちらの女性は、理性とエクスタティックな瞑想を通して、みずからの数学理論にとって〝0《ゼロ》〟の持つ意義をはっきりと認知した。この羊飼いは、支柱なしのアーチ構造を自分の家の壁に取り入れた。どれもみな、ごくささやかなもので、アイデアも基本的なレベルにとどまっていたから、特に有用なものとは見えない。この地で、それらの価値がわかっている者はいない。しかし、この島が消えてしまいさえしなければ、どこかの誰かが通常の歴史より何世紀か早く、それらの意義に気づいて、世界を根本から変えてしまう可能性もあるのだ。

だから、レッドは彼らに時間を与えようとしている。

体内の移植組織が真っ赤に燃え立ち、熱を放出する。全身が焼けつく。バケツ何杯分もの汗が噴き出る。唸り声が上がる。顔が歪《ゆが》む。彼女は全力をふるう。ひとつの島を救うのは、ひとりの女性にできる仕事ではない。だから、レッドはひとりの女性にできる以上の力を発揮する。

巨大な岩を次々と転がして、押し寄せる溶岩流を分断する。両手で地面を掘り返して新たな流路を作る。使えるかぎりの道具を使って岩を打ち壊し、その破片をほかの場所の岩々の間に埋め込んでいく。火山が烈しく鳴動し、真っ二つに裂け、空高くに無数の岩を吐き出す。その天辺《てっぺん》から、石でできた松毬《まつかさ》のような煤のかたまりが噴出する。レッドは皮膚と光の筋になって全速で山腹を駆け上がる。

溶岩がギラギラと輝き、ふつふつと泡立ち、ちぎれた飛沫を弾《はじ》き飛ばす。その一部が間近に落ちてくる。レッドはサイドステップを踏んで、襲いかかる溶岩弾をかわしていく。

灰緑《はいみどり》の海が黒く濁った空を映し出す。最後の鵜《う》が飛び立つ。黒い空を背にした黒い姿。レッドは何らかの徴候がないかと探る。何かを見逃している。何かはわからない。彼女はしばし、空と海を眺めて考え込む。

目を離したすきに、弾け飛んだ溶岩の飛沫が顔面に襲いかかってくる。レッドは目を向けることもなく、手のひらで灼熱《しゃくねつ》した飛沫をキャッチする。彼女の皮膚が、今、眼下でパニックのただ中にある村人たちの体を包んでいる皮膚と同じようなものであったなら、間違いなく焼け焦げていたはずだが、彼女の皮膚は通常の皮膚ではないので、焼け焦げることはない。

空と海を見ているのが長すぎたようだ。レッドは再び、カルデラに、溢れ出しつづける溶岩に目を戻す。

その視線が止まる。

濃さを増す赤い溶岩流の流れの間に黒と金色の網目模様が盛り上がっていく。短い休暇をもらって出かけた時に、いくつかの太陽の表面がこんなふうに見えたことがあるが、今、彼女の目をとらえたのは、それとは違う。

流動していく色彩が言葉を形作っていく。それらは一瞬しかとどまっていない。今では見慣れた手書き文字。溶岩が流れていくとともに変化していく言葉。

レッドは読む。唇が音節をひとつずつとらえる。火に包まれたそれらの言葉を、彼女は脳の古い部分の記憶システムに委ねる。目の中にはカメラがあるが、それは使わない。カメラの記録機構は頭蓋の奥の神経線維束にとめつけられていて、視神経と誤認される恐れがある。レッドは記録機構をオフにする。

《エージェンシー》は、彼女にそんなことができるとは思っていない。溶岩流の先端が迫ってくる。レッドは、いま立っている高い岬の部分を崩して流出口を作り、先刻作った流路に溶岩流を誘導するつもりだったのだが、もうそれは実行せずに、その場に立ったまま、下方の状況を見つめる。

眼下では村が燃えている。頂上付近に冠石を配置した努力もむなしく、堀と要塞の土木工事はさしたる効果を発揮するには至らなかった。それでも、あの女性数学者には、少なくとも、自分の数式を記した蠟板をつかみ取るだけの時間を与えることはできた。船が次々と海に出ていく。住民たちは、家々が海に崩れ落ちていく間《かん》に沖合まで到達し、山体崩壊による津波を乗り切ることができる。

完全に失敗したわけじゃない。レッドはそう思い、頭を振りながら歩み去る。これが、救出のために派遣される最後のアトランティスであることを願いながら。

火山が鎮《しず》まる。風が雲を吹き払い、やがて青空が現われる。

〈シーカー〉が荒れ果てた滑りやすい急斜面をよじ登ってくる。冷えた溶岩のかたわらに寄り集まった、きらきらと輝く細い火山性のガラス繊維の束。別の時代、別の場所で〝ペレーの毛〟（火山の爆発の際に吹き飛ばされたマグマの一部が空中で急速に冷え、髪の毛状になったもの）と呼ばれることになるものだ。〈シーカー〉はハミングしながら、この繊維を花のように手でかき集める。

注意深いカーディナルへ（猩々紅冠鳥：スズメ目の真っ赤な鳥（雄））

ひとつ、秘密を教えるわね。私もアトランティスは大っ嫌い。あらゆるストランドの最後のひとつのアトランティスに至るまで大っ嫌い。本当にどうしようもないスレッドよ。あなたは、私たちがアトランティスを、善なる仕事の砦として――文明はこうあるべきだというプラトンのオリジナルの理想を体現した世界として――宝物のように大事に守ろうとしていると思っている。まあ、これまであなたが《ガーデン》と私の〈シフト〉に関して教え込まれてきたと思われることからすると、これは当然と言っていいだろうけれど。でも、これまでどれほど多くの思春期の若者たちが、目を輝かせ、魂の情熱を注ぎ込んで、この想像の地に命《いのち》を吹き込んでいったと思う？　魔法！　無限の叡智《えいち》！　一角獣！　肉体を持つ存在として顕現《けんげん》した神々！　こうした概念を維持するために私たちがやっている仕事は、あなたが思っているよりずっと精妙なものなの。十以上の二十世紀のストランドで見られる出版界のささやかな過《あやま》ちを考慮に入れてもね。アトランティスの司祭集団は本当に頑強！　自分たちの神殿に人生を捧げるあれほど多くの熱意溢れる若者たちをずっとサポートしてこなければならなかったのだから、これはもうとてつもないパワーだわ。

でも、現実のアトランティスは……。何て鬱陶《うっとう》しい場所。どんよりと澱《よど》んでいて、胸にぽっかり開いた傷口みたいに気持ちが悪くなる。実験は成功したけれど、結果はむかつくものだったという ところね。アトランティスに起こったこととして一番良かったのは、この火山よ。火山と津波で消滅したことで、アトランティスは今では、伝説に、可能性としての存在に、ミステリーになってい る。数千年にわたって生み出されてきたほかの何よりも素晴らしい、想像力の生成エンジンになっている。

私たちが大事に守っているのはそれ。それこそが、常に変わらぬ私たちの姿勢。火山と津波がそれを実現してくれる。

食べることについての話、ありがとう。船上で何週間も乾パンだけで過ごしてきたあとだけに、格別に嬉しい話だった。もうひとつ、ぜひとも言っておかなければならないのは、リーヴィット夫人も言っているとおり、手紙を送る際には、相手が封蠟《シール》を損なわずに開封できるようにするのが決まりなんだけれど、でも、アザラシ《シール》に入れるなんて、あんな斬新なやり方は想像もしてなくて、言葉にできないほど感心してしまった。

言葉にできることは——あの氷の上はおそろしく寒かった。あなたの手紙は私をあたためてくれた。

象形文字みたいな印鑑《ハンコ》と作戦遂行上のセキュリティ保全の話で思い出したんだけど、私、ベス・

オブ・ハードウィック（十六世紀、スコットランド女王メアリーがイングランドで幽閉されていた時期に十五年にわたって監視役を務めた六代シュローズベリー伯爵の夫人）――二、三のスコットランドで重要な役割を果たす人物よ――の薬草学者たちに混じって馬丁として働いていたことがあるの。あそこにいた間、彼らと女主人のやり取りを観察するのが大いなる楽しみだったわ。どうということのない会話が、どれほど重層的で複雑なものになりうるか、〝誠実（Sincerity）〟（十六世紀に発明されて広く使われるようになった言葉）と大書した幟《のぼり》の奥にどれだけたくさんの秘密が包み込まれていることか。もちろん、象形文字みたいな印鑑だって簡単に偽物を作れる。偽の封印。別の表書きの下に、正しくない色の封蠟や絹糸の下に隠された、何通もの封印された手紙。スコットランド女王メアリーがベスの館にいた間に、どれほど華麗な二枚舌三枚舌の会話が交わされていたことか！　これって、ほかのどんな方式も太刀打ちできない暗号術よ。考えてもみて――周囲からの刺激に応じてどんどん変化していく〝気分〟が複雑に絡《から》み合って作り上げられる暗号なのだから。

それに、あの時代の英語にはまだ標準化されたスペリングがなかった。誰かの手書きの手紙を偽造するなんて、その人その人に固有のスペリングを習得しないかぎり、無駄な努力でしかなかったわけ。奇《く》しくも、これが、後世の贋作者《がんさくしゃ》たちのミスにつながることになるのよね。かの〝神童〟、チャタートン（中世の詩を贋作したイギリスの詩人）を筆頭に。

私たちがものすごく多彩な手紙の技法を作り出しているのは、まぎれもない事実よ。ぶちのめされたアザラシはさておき。タイムトラベルとしての手紙、時間を旅している手紙。隠された様々な意味。

ここであれこれしゃべっている私を、あなたはどう見ているのかしら。

食べ物の話――とてもおいしそうで、いい匂いがいっぱいに溢れていた――は別として、あなたの手紙には〝飢え〟への言及がなかった。ええ、〝必要性がない状況〟については語っていたわ――追いかけてくるライオンがいない、〝動物的なやけくその生殖本能〟から解放されている、そういったことが楽しさにつながる、と。確かにそのとおりよ。でも、飢えというのは、〝多くの輝きに包まれたもの〟でもあって、単に生物学上の大脳辺縁系の観点だけからとらえる必要はないの。飢えを満たすこと、飢えをかき立てること、飢えを溶鉱炉としてとらえること、歯のような飢えのエッジをたどっていくこと――このうちのひとつでも、あなたは知っている？　食べ物を与えたはずの飢えがみずからを砥《と》いでいって、ギラギラと輝くとてつもなく鋭利なものになって、あなたを真っ二つに切り裂く、そして、そこから何か新しいものが跳び出してくる……。そんな〝飢え〟を体験したことはない？

私には、友達の代わりに、この〝飢え〟がある――そんなふうに思うことがある。

この手紙を読むのが、そんなにたいへんじゃないことを願っているわ。時間的な余裕がなかったから、これが精一杯だったの。あなたが崩壊する島に飲み込まれてしまわないうちに届きますように。
次の手紙は〝隣のロンドン〟に送って。

ブルー

〝隣のロンドン〟――ほかのすべてのロンドンと同じ年、同じ月、同じ日ながら、一ストランドだけ離れた、ほかのすべてのロンドンが夢想するようなロンドン。セピア色に彩られ、空にはいくつもの軽気球が浮かぶロンドン。大英帝国の悪辣《あくらつ》さも、ここでは、スパイスと金平糖《こんぺいとう》の芳《かぐわ》しい香りに包まれた輝く薔薇色の背景幕程度にしか感じられず、何もかもが小説のようにきちんと整えられている。不潔なもの、汚れたものは、ストーリーの要請するところに従って、ほんの少しちりばめられているにすぎず、いっさいがミートパイと君主制の秩序のもとにある。これが、ブルーの愛する場所、そして、ここを愛している自分にうんざりしてしまう場所だ。

ブルーはメイフェアのティーハウスの隅の席に座っている。壁を背にして片方の目をドアに向け、もう一方の目は、定型化された〈新世界〉の地図に向けられている（これは時間と空間の双方を見通すスパイ技術の一環）。店内は、ブルーの目から見るところ、ほんの少し調和を欠いている――このティーハウスはまぎれもない東洋趣味を取り入れている――が、折衷主義《せっちゅうしゅぎ》は、この特定のストランドを織りなすものとして、ブルーが大いに気に入っている要素のひとつでもある。

今のブルーの髪は黒く豊かで長く、三つ編みのブレイドで巻いた高いシニョンに結い上げられている。うなじに垂らされた何本かの細いカールが、見る者の目を、優美に伸びる長い首に引きつける。ドレスは地味でも派手でもなく、きちんとした印象を与えるが、流行の先端を行くものではない。プリンセスラインが最新のファッションだった頃からもう二年がたつ。チャコールグレーの色合いは、彼女によく似合っている。彼女がここにいるのは、任務を遂行するためではない。彼女は今、誰の目にもとまらない存在として、ティーハウスにいる。

先刻からブルーが心楽しく眺めているのは、近くのテーブルに並ぶ、とても美しい磁器のティーセットだ。上流階級の人々が自慢してやまないマイセンの〝東洋の龍《ミン・ドラゴン》〟——動脈のようにしなやかにうねり、金で縁取られたボーンチャイナの白をバックに、鮮やかな朱に輝く龍の図柄。ブルーは自分のポットが運ばれるのを待ち受ける。自分の選んだブレンドのお茶が、濃いスモーキーな麦芽の香りに、砂糖漬けの薔薇とデリケートなベルガモットとシャンペンとマスカットと菫《すみれ》のフレーバーが混ざり合って、豊かな香りのハーモニーを奏《かな》でながらカップに注がれるのを楽しみに待ち受ける。

ブルーのテーブル担当のウェイトレスがやってきて、静かに、控えめに、マイセンの二段のケーキトレーとティーポットとシュガーボウルを並べる。しかし、ティーカップがソーサーに載せられると、ブルーの手がすっと差し出され、ウェイトレスの戻しかけた手首をつかむ。ウェイトレスが怯《おび》えた表情を浮かべる。

「このセットは――」とブルーは態度をやわらげ、視線を穏やかにし、つかんだ手をゆるめてウェイトレスの手首をやさしく撫でる。「揃っていないわ」

「申しわけございません」ウェイトレスは言って、唇を嚙む。「ポットはもう準備できていたのですが、カップが欠けておりまして。ですが、これ以上お待たせするわけにはいかないと思ったんです。今が一番混み合う時間帯で、ほかのセットは全部使われていて……でも、もう少し待ってもかまわないとおっしゃるのであれば――」

「いいえ」ブルーは言う。雲が分かれるように口もとに笑みが浮かび、何事もなかったかのように手が膝もとに引かれる。ウェイトレスは思う。この人は間違いなく完璧なレディだわ。ブルーは続ける。「とてもきれいよ。ありがとう」

ウェイトレスは首をすくめて厨房に引っ込む。ブルーはカップとソーサーとスプーンをじっと見つめる。イタリアの青い顔料で描かれた、カップの縁《ふち》の下で永遠に麦を収穫し水を運びつづける人たちの古典的な図柄。

ブルーは、茶葉を乱すことがないように注意深く、カップに紅茶を注ぐ。ティースプーンを光にかざすと、スプーンが、この時代のものではない何らかの物質でコートされているのが見て取れる。それが何かわかったとは思ったものの、念のために匂いを嗅いでみる。まわりを見まわすんじゃない――ブルーは強く自分に言いきかせる。全身の原子のひとつひとつに、静かにしていろと命じる。本当なら、厨房に跳び込んで、追いかけて、駆り立てて、引っ捕まえてやるところなのだが――。

そうする代わりに、ブルーはそのままスプーンを紅茶の中に入れてかきまわし、じっと見つめる。茶葉がほぐれて、くるくると渦を巻いていくとともに文字が紡ぎ出されていく。渦の回転速度は遅く、ひと口飲むたびにパラグラフが崩れる。ひと口飲むたびに文字は消え、その都度、彼女はスプーンを回して意味のある渦を作り出す。

喉に硬いものが引っかかったような感覚が起こり、ブルーは一瞬、毒なのかと思う。スムーズに飲み込めないのは急性のアレルギー反応なのか。だとしても、そんなものは怖くない。

目を閉じて、別の可能性を考える。そう、そういうことよ。

紅茶を飲み終え、手紙を読み終えると、茶葉の滓《かす》が残る。その滓を彼女は追記として読む。滓が描いている模様が〈新世界〉の地図に正確に対応していたので、地図と食い違っている部分を後《あと》処理の指示として読むのは簡単だ。

口を軽く叩き、カップを持ち上げ、上下逆さまにして足の下に置く。片方の靴のヒールで素早く粉々に砕く。音はいっさい立てずに。

ブルーがティーハウスを去ったあと、下働きの格好をした〈シーカー〉が箒《ほうき》と塵《ちり》取《と》りを手に現われ、カップの細片を掃き取って、薔薇の蕾《つぼみ》のように小さくまとめる。誰にも見られない場所に行くと、陶土と骨粉と茶葉の混合物を切って三本の棒にし、お札《さつ》できつく巻き上げる。そして、火をつけ、煙が目の奥に感じ取れるまで深々と吸い込む。

このうえなく親愛なる＃０００ＦＦ（青の色コード）

アトランティスに共通の目的がある——そんなこと、誰に考えられたっていうの？　私は、どのスレッドも〝ひとつのもの〟じゃないと思っているし、その点は百パーセント確信していいと教え込まれている。スレッドのひとつひとつに、いろんな断面や鉤《かぎ》や棘《とげ》があって、それぞれに異なった有用性がある。どこをどうカットするかによって、結果は様々に変わってくる。新米の工作員は、たったひとつの変化で、スレッドをこんなふうに、あんなふうにすることができると思っているけれど、実際にはそんなに単純なことじゃない。ひとつの出来事は——侵略であれ痙攣《けいれん》であれ溜息であれ——金槌《かなづち》みたいなもの。片側は平らで釘を打ち込むのに最適、もう一方の側には釘を引き抜くための爪がついている。そして、金槌と同様、有用でなくなったアトランティスは、目に見えないところにしまい込む。次に必要な時になるまで、引き出しのどこかに安全にしまい込んでおく。

この観点から言うと、あなたたちのやっていることは、どれくらい私の仕事を助けてくれたのか、逆に、私たちのやってることがどれくらいあなたたちを助けてきたのか……。この問題は私の計算能力を超えてるわ。本来なら〈カオス神託〉に訊《き》いてみるところだけれど、あいにく、現時点では、ああいう上級存在との間にはもう充分すぎるほどのトラブルを抱えていて、そうするわけにもいかなくて。実のところ、私、あなたの手紙に不意をつかれたあと、もう少し迅速に動かなければならなかったのよ。〈司令官《コマンダント》〉に説明を求められた——〈司令官《コマンダント》〉はいつも説明を求めるの——あの島を、あれだけたくさんの財宝を残したまま沈ませてしまった点について。《エージェンシー》のモデルに即して言うと、効率の点でちょっとした遅れがあったというわけね。でも、私のトラックレコードを考慮すれば、あれは充分に許容範囲だった。ただ、あなたたちのしかけた侵入行動が、私たちの側の潜入チームを暴《あば》き出すことになって、おまけに……うーん、仕事の話なんて、もう充分だわね。あなたのティーサロンのお友達なら、いいかげんにしてって言うに決まってる。

まとめると：前の手紙を出してから、ずいぶん長い時間がたってしまった。

ストランド233のアトランティスは、同類のアトランティスの中で最悪というわけじゃなかった。しかも、私には充分な時間がなかった。ジョークになるかもしれないけれど、私には、あの価値がわかる。人間には、頑張って到達しようとするゴールが必要よ。でも、不完全なシステムは衰退していく。だから、私たちは理想のシステムを作ろうとする。工作員を次々と過去に送り込んで、有用なストランドを見つけ出して、重要なものは保存し、そうでないものは、そのまま朽ちて塵に還っていくにまかせる。塵に還して、より完全に近い未来のための種を蒔《ま》く苗床《なえどこ》にする。

リーヴィット夫人のアドバイスによれば、文通相手——って、あなたのことよね?——にとって有意義なメタファーを使うようにということだったので、〝種を蒔く苗床〟なんてフレーズを使ってみたけれど、正直言って、あなたにとって何が有意義なのかまるっきりわからなくて、結局、以前の思い込みに戻ってしまう。種とか草とかの育っていくものみたいな、そんなステレオタイプに。しかも、あなたは、溶鉱炉とか、炎の中で書いていると言ってるし。

あなたは〝飢え〟について尋ねている。

特に私が飢《い》えを体験したことがあるかどうか。

短い答えは‥ない。

もう少し長い答えは‥私がそう思っているだけ?

私たちは、飢えに襲われる前に補給をする。今の私の体の中では、胃の上のどこかにある人工器官(精密に設計され、厳密にテストされ、体内移植された器官)が、私の代謝機能が燃料を要求している時期を正確に検知して、トカゲの脳が支配している大脳古皮質——思考力を鋭敏にしたり苛《いら》立《だ》たせたりぼんやりさせたりする旧式のサブシステム——をストップさせる。〈進化の女神〉が操作しているこういった仕掛けのおかげで、私たちはハンターに、キラーに、シーカーに、ファインダーに、貪欲な捕食者になれる。もちろん、そうせざるをえない時には、この器官を機能させせないようにすることもできるけれど、でも、自分で体が弱っていると感じ取るよりは、この人工器官のステイタス・レポートを受け取っているほうが、ずっとずっと安定した状態でいられる。だけど、あなたが言っているような〝飢え〟は——皮膚を切り裂いて突き出てくる刃《やいば》、しょっちゅう嵐に襲われる山腹のような風化作用、空虚感は——美しくて、馴染《なじ》みのあるもののような気がする。

子供だった頃、私は本を読むのが大好きだった。読書が大昔の暇つぶしなのはわかってるわ。検索とダウンロードのほうがずっと速いし、ずっと効率的だし、大量の知識が保存されていて、いくらでも取り込むことができる。でも、私は本を読んだ。遠い昔から伝えられてきた本、新しく複製されたばかりの本。ページを繰っていく中で、いろいろなことが連続して明らかにされていくのが、とても不思議だった！　そんな中で一度、ソクラテスのことを描《か》いたコミックブックを読んだ。そのコミックブックのソクラテスは兵士で——これは本当なのよ、彼に直接確認したから——ある晩、同僚の兵士がみんな横になって寝入ってしまったあとで、彼は思索を始めた。立ったまま、身動きひとつせずに、夜が明けるまで思索に没頭した。そして、夜が明けた瞬間、彼は自分の疑問に対する答えを見出した。

この何もかもが、その時の私には、とてもロマンティックに思えた。だから、ポッドを出て、遠い過去をさまよい歩いた。仲間たちのおしゃべりからも共通の視覚からも切り離された遠い遠い場所。ある小さな世界に山があった。呼吸はできたけれど、どこまでも荒涼としたその山の天辺《てっぺん》に立って、私は思索に没頭した。コミックブックのソクラテスのように、片足に体重をかけて、じっと動かずに。

太陽が沈んだ。星が昇った《ローズ》（星は薔薇《ローズ》よね？　それともほかの何かだった？　確かダンテがそう言っていたと思うけど）。耳が静寂に慣れていくのがわかった。なのに、私の耳にはまだほかの声が聞こえていた。私たちのおしゃべりが全天に渦巻いていた。私たちの声が星々から響いてきた。これはソクラテスのあり方とは違う。李白とも屈原とも違う。私の孤立、私の実験は、私のことを気にかけてくれている人たち、私が気にかけている人たちの間に、ささやかなセンセーションを引き起こしていた。そのセンセーションがどんどん広がっていった。無数のレンズと目が私に向けられていた。

私は十三歳だった。たぶん。

いろんなサジェスションを受け取った。哲学の教科書、メディテーションのガイド、実践の方法、協力の申し出。みんなが私のまわりに群がった。私の耳にささやきかける無数の声――大丈夫？　助けが必要ではない？　私たちに話してくれていいのよ。いつでもそうしてくれていいのよ。

涙が溢れた。泣くというプロセスには、ほかの器官もたくさんかかわっている。泣くことは、目を清浄に保って、意識を鋭敏にしてくれる。でも、所詮《しょせん》化学は化学、コルチゾールはコルチゾール

（ストレスに反応して副腎皮質から分泌されるステロイドホルモン。生体防御機構を活性化させる）。

……書くのが思っていた以上に難しくなっていくような気がする。同時に、思っていた以上に楽になっていくような気もする。完全な自己矛盾。幾何学者も形《かた》なしね。

私は彼らを追い払った。

誰もが自分のプライバシーを護る権利を持っている。だから、私は、彼らが私を見るのを拒否した。私は、その山の上のちっぽけな岩の上のただひとりの人間になった。私は世界を暗くした。

吹きすさぶ風。高所の夜はどんどん寒くなっていく。尖った岩が足を傷つける。十三年の人生のうちで、私は初めてひとりきりになった。私は——あの時の私が何であったにせよ、今の私が何であるにせよ——まず、おぼつかない足取りで昇っていって星々の間に入り込み、それから再び荒れ果てた大地に降りてきた。土を掘って、その奥にもぐり込んだ。夜の鳥たちが呼びかけてきた。狼に似た、でも、一頭きりで狼よりもずっと大きい何か、六本の脚と二段構えの目を持った何かが、静かにかたわらを通り過ぎていった。

涙は乾いた。

そして、私は〝孤独〟を感じた。呼びかけてくる声がないのが悲しかった。あの声の背後にいたマインドの群れが恋しくてならなかった。私は見られたかった。誰かに見られたい——この思いが強烈に心臓の奥深くをえぐった。それは〝良い〟感覚だった。この感覚を、あなたが知っている感覚とどう比べたらいいのかわからないのだけれど、でも、こんなふうに想像してみて——ひとりの人間が、巨大な〈存在〉と、宇宙のどこか遠い片隅で戦争を始めるために作られたいくつもの山塊を積み重ねたほどに大きな人工の神と、融合している。その〈存在〉は、おそろしく重い金属で彼女をすっぽり包み込み、彼女を押し倒し、彼女に力を与え、無数の導管を彼女の体につないでいる。彼女はその導管を引きちぎって、その支配の外に踏み出す。力を失い、脆《もろ》く、弱く、そして自由になった彼女。

　私は軽くなっていた。空虚で、飢えていた。太陽が昇った。私には何の啓示も見出せなかった。私はソクラテスじゃない（私はソクラテスと知り合いなの、ソクラテスと一緒にペロポネソス戦争に従事したし、それに、元老院議員だったあなたとも……でも、これはまた別の話）。それでも、私は歩きつづけた。ある場所から別の場所へ、そこからまた別の場所へ。こうして何年かあとに、私は〈ホーム〉に戻った。

　そして、〈司令官《コマンダント》〉が私を見つけて、私の内に滑り込んできて、こう言った——おまえが気に入りそうな仕事がある。工作員はみんな、私みたいな人間なんだろうかと私は思った。実際にはそうではなくて、それはだいぶあとになってからわかったんだけど、でも、私たち工作員はみんな、いろいろな形で〝外《はず》れて〟いるの。

　これが〝飢え〟ということ？　私にはわからない。

でも、あなたには友達がひとりもいないの？　ブルー！　それこそ、本当に、これまで一度も考えてもみないことだった。なぜだか、あなたたちはみんな、キャンプファイアのまわりで体を寄せ合って、古い戦いの歌を歌っている――そんなイメージを思い浮かべていた。

あなたはずっと孤独だったの？

お茶がおいしかったことを願うわ。おいしかった？　それなら結構。次は、もっとパブリックなフォーラムにいるあなたを探すわね。

Yours　　　　　　　　　レッド

PS：こんなこと、あんまり書きたくないんだけど――私の手紙がいつもダラダラと長くなってしまうのは自分でもわかっていて、もし、あなたが、もっと簡潔にしてほしいというのなら、そうする。推測だけで物事を進めたくないので、いちおう訊いておく。
PPS：呼びかけの言葉――リーヴィット夫人は確か〝書き出しの挨拶〟と呼んでいたように思う――がいいかげんでごめんなさい。ストランド6の十九世紀のロンドンの人たちが、輸入磁器に使われていた青色のことを何て言っていたか忘れちゃったのよ。憶えていたら、もちろん、その言葉を使ったんだけれど。

PPPS：それでも、私たちは勝利するつもりよ。

預言者が語っているように、誰もが大きな船と小さな舟を作っている。

皇帝は山頂の宮殿に座し、両側には、共同統治者であるミイラ化した祖先たちの神殿があって、そのそれぞれに高位の神官たちが仕《つか》えている。尾根に連なるいくつもの頂《いただき》が石の階段と道路網で結ばれ、燦然《さんぜん》たる大都市が繁栄する。山の斜面には段々畑が広がり、その下方、海岸線に沿って、地元の言いまわしでは、いまだかつてないザクロのように海港が生まれていく。

当然のように沿岸交易が起こり、高地の湖では葦舟《あしぶね》が精力的に行き来する。ケチュアの船乗りと漁師たちは風の形を知りつくしていて、どんな嵐の中でも船を操ることができ、どんな波とも対等に渡り合えると自任している。そんな彼らはずっと、西の大海の水平線は〝壁〟であり、その先には世界の果てがあると思ってきた。だが、星の経路を計測し、嵐で浜辺に打ち寄せられた木の破片と海藻を集めて生涯を送ってきたひとりの天才（男性）が、海の彼方には別の土地があるという理論を打ち立てた。また、彼よりも十歳年長のもうひとりの天才（女性）が、これまで母たちが作ってきたどんな葦舟よりもはるかに強く耐久性のある葦の編み方を発見した。彼女の指示のもとに、この方法を使って、ひとつのチームがひとつの村全体を運べるだけの巨大な葦舟を作り上げるのに成功した。

若い男たちが第一の天才に言った。海の向こうの土地なんて何の意味があるんだ？　行き着く手立てがまったくないというのに。月をつかもうとするのも同じじゃないか。

若い男たちは第二の天才に言った。村全体を運べる舟なんて、沿岸の漁にとって何の意味があるんだ？

幸いにも、二人の天才には、若い男たちは往々にして愚かであることがわかっていた。

そこで二人は、自分たちが知っている最も賢い存在を探した。二人は別々に、山頂までの何千段もの階段を登っていき、謁見《えっけん》の日に、現在の皇帝の曾祖父《そうそふ》——玉座に座し、黄金と宝石で飾られ、歳月と威厳の光輝を放つ、ミイラ化されたかつての皇帝——の前に跪《ひざまず》いて、それぞれの贈り物を差し出した。皇帝の玉座の背後に待機している秘密の神官たちは若者ではなく、全員が男性というわけでもなかったので、二人が提示した考えのポイントをひとつにまとめ上げることができた。

こうして、曾祖父皇帝の言葉が発せられ、新たな港が建設され、冒険への期待に引き寄せられた大勢の船乗りが集まってきた（冒険は、どんなストランドでも力を発揮する——日々の暮らしよりも〝生きること〟に胸を躍らせる人々を惹きつける）。彼らは一団となって新しい世界に向けて船出することになる。彼らは一団となって、怪物と奇蹟の地に向けて旅立つことになる。潮流は巨大な魚の尾のように進む彼らの船団を運んで海を渡り、銀とタペストリーを、葦を編んだ製品と帝国の運命を、海の向こうに運んでいくことになる。

レッドは樹のように節くれだった指で葦を結び合わせていく。彼女は第二の天才の最初期からの弟子のひとりだった。曾祖父皇帝の援助を求めるよう師匠をうながし、山頂の宮殿に行く時には師匠の腕を支えて一緒に登っていった。ここでは、レッドは戦士ではなく、将軍でもなく、ある日、森の奥から裸で現われて村人たちの庇護を受けるようになった、ほかの女たちよりも背が高いだけの女性にすぎない。充分な修練を積んできたおかげで、レッドは、見事に葦を結び合わせ、編み上げるようになっていた。いま製作しているこの船――少なくとも二つの村の住人全部を乗せることのできるプロダクションモデル――は、完成したら試験航海に出すことになっている。その時にはレッドも乗船する。破損した際に即座に結び目を修復する者が必要だからだ。

レッドはこのストランドで微妙なゲームをやっている。葦を編み、ひとり思考をめぐらせながら、レッドは、自分が碁の用語を用いて表現しようとしているのだと思う。碁では、石を置く際に、一個一個が状況に応じて様々な役割を果たすのを期待する。攻撃の一手は同時に防御の一手でもあり、その防御の石がさらに次の攻撃の一手となる。罪の告白は同時に大胆な行動であり、それがさらに抑えがたい強迫的な衝動を生んでいく。

タワンティンスウユ（ケチュア語でのインカ帝国の呼称）の人々は本当に、大海に――のちに、異邦の殺戮者たちが太平洋と呼ぶことになる海域に――勇猛果敢に乗り出し、流れの速い潮流を見つけてフィリピンへ、さらにはその先、ほかの者たちが行ったことのない地へと向かうだろうか？　彼らは本当に、大海を——魚がほとんど釣れず、食べ物を得るために、女たちの全員が波の下に手を突っ込んで、銀色に身をくねらせる魚をつかみ上げなければならない海域を——渡りきって新しい文明を発見し、その地を征服するか協力関係を結ぶかすることになるだろうか？　この同盟と交易が太平洋を渡って帝国にまで広がっていけば、やがてピサロのグロテスクな船団が帆をふくらませてやってくる時にタワンティンスウユを救うことになるのではないか。少なくとも、早い段階でユーラシアの疫病に接触することで、ヨーロッパの侵略者たちが持ち込む天然痘《てんねんとう》に対する免疫を獲得することができるのではないか。

　あるいは‥これらの交易商人たちが明《みん》朝下の中国（一三六八〜一六四四年）まで行けば、間近に迫った明の大々的な通貨危機を救うことになるかもしれない。通貨危機の要因は明の銅銭とヨーロッパの銀との変動する交換レートにあり、一方で、タワンティンスウユには銀がうなるほどある。このインカ帝国の銀が流入して経済が安定すれば、明は、おおむね四世紀のサイクルで繰り返されてきた中国の王朝の衰退と新勢力の台頭という事態を回避し、そのまま持ちこたえて発展し、変容し、拡大し、西欧社会のゆるやかな啓蒙思想と、その後一気に広がる強圧的な産業革命にも遅れを取らずについていくことになるかもしれない。

　もしかしたら——もしかしたら。実現の可能性はきわめて小さいかもしれない。それでも、チャンスはひとつひとつ、つかみ取っていかなくてはならない。《エージェンシー》は機嫌が悪い。多くの《エージェンシー》の工作員が捕らえられ、殺され、この歴史の流れから抹殺されたり、想像を絶するストランドに置き去りにされたりしてしまった。だが、レッドは違う。レッドはまだその運命に陥《おちい》ってはいない。それでも、仕事はもっともっと速く進めなければならない。

葦の結び目の上で手が滑る。彼女は単に頭の中で考えていたのではない。彼女は説明をしている。いったい誰に？　これは……。

レッドは空と海が出会うところに目を向ける。

立ち上がる。

その場を離れる。

誰かに見られている感覚がある。〈司令官《コマンダント》〉が私を監視しているのだろうか？　だとしても、何のために？　レッドはずっと、このうえなく慎重に過ごしてきた。空の色の名前を思い浮かべることさえほとんどない。

浜辺を行きつ戻りつするレッドに、ひとりの老人が近づいてきて、布を買ってもらおうと、サンプルを次々に見せる。レッドは一枚ずつ撥《は》ねのけていく。これは弱すぎる、これも弱すぎる、弱すぎる、粗すぎる、これは——これは、いったい何？　しわだらけでデコボコしたその布は、織物というより、紐を結び合わせたもののように見える。

「これを」とレッドは言う。

太陽が西に傾いていく中、レッドは岩に腰をおろし、オークのように硬くなった指の間に結縄文字《けつじょう》を走らせていく。ひとつひとつの文字、ひとつひとつの言葉に触れていきながら、彼女は考える。空と海は、この紐を撚《よ》り合わせるのにどのくらいの時間を費やしたのだろう。結縄文字を最初に教えてくれたのは誰だっただろう。難しいパッセージを結び上げていく間、〝藍色のアイリス〟はフラストレーションのあまり唇を噛んでいたのではないか。

太陽が沈むと、レッドは解きほぐした紐を束にして切りそろえ、それから一本一本、引いていく波の中に投じる。

星が輝き、月が輝く。黒い影が輝く波間を滑るように進んでいき、勢いよく海中にダイブする。〈シーカー〉は拾い集めた紐を一本ずつ手首に巻いていく。指が青く強張《こわば》るほどにきつく。巻き終わると、拳《こぶし》を作り、全力をこめる。紐の下の皮膚が裂け、そののち再び閉じる。

太陽が沈んでからもずっと、身じろぎせずに浜辺に座っていたレッドは、星明かりと月明かりに照らされた波間のアザラシのような姿を目にとめて、いったい何だろうと訝《いぶか》しむ。

手紙は短くしないで。

私がずっと孤独だったのかとあなたは尋ねている。どう答えたらいいのかよくわからない。友情というものを、私は、人が特別な祝祭日だと考えるような、そんなものだと見なしてきた。え？ というくらいに短い、親密さの発露の旋風《つむじかぜ》。とんでもないお祭り騒ぎ。料理とワインと蜂蜜をみんなで一緒に食べる日。いつも濃密に凝縮されていて、やってきたかと思うとあっという間に行ってしまう一日。みんなを納得させられるように、恋に落ちるのが私の義務だという場合もしょっちゅう。確かに、ほかの人たちから文句をつけられたことは一度もないわ。でも、これは仕事の一端よね。手紙に書くには、もっと有意義なことがいくらでもある。

十三歳だったと、あなたは言う。さすがに今は十三には見えないけれど、でも、私にとって、あなたはまだまだとても若いように思える。あなたにとって、十三歳という時がどれほど遠い昔のことのように思えるとしても。

私たち《ガーデン》の住人はみんな、偉大な庭師なの。私たちの営みは長くゆっくりしたもので、私たちが成長し成熟するまでにも長い長い時間がかかる。《ガーデン》は過去に私たちの種を蒔く。あなたたちの〈司令官《コマンダント》〉はこのことをすでに知っているわ。この情報を工作員たちに教える必要があると思っているかどうかはともかくとして。私たちは、種を蒔かれたスレッドから様々なことを学び、成長してそのスレッドに入り込んでいく。私たちはその過去を蔓棚《つるだな》のように扱い、そのブドウ園を注意深く育てて少しずつ少しずつ広げていく。〝収穫〟は〝迅速〟に呼応する言葉ではなくて、収穫されてもそれで終わりというわけじゃない。未来が私たちを収穫し、踏みつぶしてワインにし、それを歓《よろこ》ばしい献酒として再び根のシステムに注ぎ入れる。そうして、私たちは、より強く、より多くの可能性を秘めた存在として、ともに育っていく。

私は鳥だったこともあれば、樹の枝だったこともある。ミツバチだったことも、狼だったことも。星々の間の虚空に満ち溢れるエーテルになって、息を歌のネットワークに絡《から》みつかせていたこともある。私は魚でプランクトンで腐食土の微生物で、そのすべてが私だった。

でも、私がこの〝全体性〟の内にありつづけてきた一方で――それらは〝私の全体〟ではなかった。

肉体から分離されたあなたたちのマインドのネットワークを考えると拒否反応しか起こらないけれど、でも、レッド、あなたを見ていると、私自身とほとんど同じようなものが見える。時として、そこから離れたいという、抑えようのない衝動――ほかの人たちと完全に切り離された自分は何なのかを理解したいという欲望。そうして、私が戻っていくもの、正真正銘、逃れることのできない自己であることがわかっている〝私の本質〟……それが飢え。欲望。切望。所有したいという、そうありたいという切望。岩に砕ける波のように砕けて、また作られて、また壊れて、洗い流されてしまいたいという切望。これはどんな生態系にも不可欠の部分ではあるけれど、どうしても、ほかの人たちに不穏な思いを抱かせてしまう。満足するという能力が欠けているのだから。自分が破壊されてしまいたいと思っているような、そんな場所で友達を作るのは難しい。私にはまだあなたがいるわよね？　と訊く時、手紙の最後に〝Ｙｏｕｒｓ〟と書く時に、うわべだけではない、言葉どおりの意味で使ってくれる人を見つけるのは、とてもとても難しい。

だから、私は出かけていく。ほかの人たちよりも遠くへ、ほかの人たちよりも速く、ほかの人たちよりもハードな旅をする。そして、本を読み、手紙を書く。私は都会が好き。群衆の中でひとりきりでいられるから。群衆から離れたままその一員でいられるから。自分が見るものと、自分がそうであるものとの間に、距離を置いていられるから。

あなたも本を読むのが好きだということがわかって嬉しい。よかったら次の手紙は図書館から送って――勧めたい本が山のようにあるわ。

Ｂｅｓｔ

ブルー

ＰＳ：ソクラテス！　私たちが知っているソクラテスは同じ人物なのかしら。

ＰＰＳ：紐をせっせと結んでこの手紙を作っていたのは夜だったのだけれど、書き出しの挨拶は〝朝の赤い空〟のほうが合っているように思えた――私はこれまでに、歓びから警告を汲み取ることを学んできた。

ＰＰＰＳ：もちろん、私たちもまだ勝つつもりでいるわ。

夜。ブルーは高い山の上にいる。吹きすさぶ風。あたりはおそろしく寒い。しかし、ブルーは寒くない。尖った岩が足を傷つけることもない。ブルーの任務は、ここで育ちつつあるもの、何千年もの時をかけて育ってきたものを護ることにある。この惑星の中心部、層をなす燠《おき》の間に植えつけられた種子、ブドウの蔓のように、樹液のように、血流のように、粘板岩の地層に無数の孔を開け、触手を伸ばしていく種子。それは今、地表のすぐ下にまで到達し、その時を待っている。

これが姿を現わすのは、もうまもなくだ。

ブルーは折々に、必要に応じて、この種子に養分を与えてきた。その目的は最初から頭の中に入っている。身を潜めて獲物を待ち受けるライオン、ある時突然に弾《はじ》け開く惑星サイズの罠。これらの種子は、未来からの干渉に関する禁止協定が結ばれるよりずっと前に植えつけられた。種子が芽吹き、成熟し、その目的を達成したのち、みずからの根のシステムを破壊して、敵に発見されたり利用されたりすることのないよう、痕跡をいっさい消し去る——そこまでをブルーは監視することになっている。《ガーデン》は、植物の持つ長期にわたる忍耐力によって、敵の工作員たちをこのタイムラインから排除するにはどうすればいいかを学んできた。敵のアブラムシに対してはテントウムシを放ち、敵の蚊の幼虫に対してはトンボを送り出す、などなど。

この今も、ブルーはボウフラのことを考えていた。と、その時――レッドの姿が目に入った。

時が止まる。

ストランド間を行き来する際、ブルーが携えているのは、知識と目的と戦術、そしてレッドからの手紙だけだ。記憶はそっくり《ガーデン》に注ぎ込まれ、生命から生命へ、さらなる生命へと伝えられ、常にその内容を深め濃密にしつつ、新たな根を育て、効率を高めていく――が、レッドの手紙だけは体内に保管しつづけ、決して外部に漏らすことはない。ある手紙は舌の下にコインのように丸められ、またある手紙は指先に、手のひらの掌紋《しょうもん》の間にプリントされている。ターゲットにキスする前に舌の下の手紙を歯に押し当て、オートバイのグリップを操作する間に手のひらの手紙を読み返す。酒場での喧嘩や兵舎での殴り合いの際には、相手の兵士たちの顎についた埃を手紙で払ってやる。ブルーはしばしば、意識せぬままに、次の手紙でレッドに呼びかける言葉を考えている。呼びかける言葉のリストは、万一見とがめられてももっともらしく否定できる夢の光景の中に、キョウチクトウの葉の裏側に、脱皮した蛹《さなぎ》と羽化した翅《はね》の先端に隠してある。朱色の嘘。アカフウキンチョウ。パルティアの糸《パーシアン・スレッド》。私のレッド、赤い薔薇。

ブルーはレッドを――十三で、ひとりきりで、傷つきやすく、ありえないほどに壊れやすく、小さなレッドを見つめる。先の手紙が胆汁のように喉もとに上がってくる。

私は見られたかった。

ブルーは彼女を見る。そして、波のように砕ける。

予定されている行動をブルーは実行しない。考えることもしない。《ガーデン》はブルーを試すためにここに送ったのか？　《ガーデン》は知っているのか？　《ガーデン》はブルーに、レッドが死ぬのを見とどけさせようと思っているのか？　ブルーが何も考えずに見つめる中、ピンと張った何本もの根がよじれながら地中から伸び出てくる。惑星が割れ、巨大な口が、顔が、体が噴き出してくる。漆黒の闇の中を飛ぶフクロウのようにいっさい音を立てず、後足《あとあし》で立ち上がる、とてつもないもの。目と歯を持った〝飢え〟。静寂の中で長い長い待機の歳月を送ったのちに、周囲を取り巻くすべての事物の内で特定のナノスケールの体内移植器官の匂いを嗅ぎつけ、たったひとつ赤く輝く存在を貪《むさぼ》り食らうために生まれ出てきた怪獣。実のところ、それはほんの少し、ライオンに似ていなくもない。青白い繊細なたてがみと、まったく音はしないものの大きく開かれた口が、映画のスクリーン上で咆哮する猛獣を連想させる。が、その大きさは、脚の数は、翼は……。

怪獣は冷たく尖った岩だらけの地面に踏み出す。空気の匂いを嗅ぎ、レッドのほうに頭を傾《かし》げる。

ブルーは跳びかかる。その喉を嚙みちぎる。

ブルーの歯はこのうえなく鋭い。今、狼となった彼女には四列の歯がある。二段構えの目が闇の中で美しく輝く。六本の脚の先端の鋭利な切っ先が声なき怪獣を切り裂き、ついには脈打つ熱い肉塊に変える。しかし、怪獣の側からの反撃もすさまじく、狼のブルーもおびただしい血を流す（これは、事の顚《てん》末《まつ》を報告しなければならなくなった時に有効に働くはずだ——と、ブルーはあとになって思う。思考力を取り戻した時、絶対に隠しおおせておかねばならないこととは別の行動を改めて始められるようになった時に）。ただ、激闘の間《かん》もそのあとも、ブルーはいっさい音を立てない。レッドの意識を絶対に乱すことがないように。レッドは啓示が到来しないことに打ちのめされていた。心の内にぽっかりと空洞ができていた。この空洞が、やがてほかのもののための、レッドがブルーのものになった時のスペースとなる。

ブルーは怪獣の死骸を食べる。牙と毒嚢《どくのう》を除いてすべてを食べつくす。そののち、岩の上で慎重に毒嚢を切開し、毒液を数滴、怪獣が現われ出てきた孔に滴らせる。張りめぐらされた根はこの毒液を吸い上げ、枯れ、死ぬことになる。ブルーが考えたストーリーはこうだ——怪獣が、本来のターゲットに難色を示し、代わりにブルーを襲った。これが敵のアクションであることに疑問の余地はない。敵が根のシステムを見つけ、過去のどこかの時点で改変の手を加えたのだ。

いたしかたなかったとは言えるものの、失態であることに間違いはない。結果、ブルーは自分の手で状況の修復を試みることもできないほどの重傷を負った。いずれにしても協定があった——工作員同士の直接的な対決は未来をこのうえなく不安定な状況に陥れ、場の〈カオス〉レベルを壊滅的な高さにまで上げてしまうことになっただろう。

このストーリーは雨のように落ち着くべき場所に落ち着く。ブルーは血まみれの鼻先を、鉤爪を、えぐれた肩を舐《な》める。あとひとつ、やるべきことがある。

肩の傷を見られないようにしながら、ブルーはゆっくりとレッドから見える位置まで歩いていく。もちろん充分な距離を保って。頭の片隅をぼんやりと静かにかたわらを通り過ぎていったという言葉がよぎっていく。大怪我を負っているようには見えないはずだ。間違いなく。

ブルーはレッドを見る。レッドの顔の涙が見える。

ブルーは走り出そうとする衝動を――駆け寄りたいという、走って逃げたいという衝動を――抑えつける。彼女は自身の〝飢え〟を羅針図《コンパスローズ》（東西南北などの方角を示す図形）のように携行している（星が昇《ローズ》った。星は薔薇《ローズ》よね？）。それが示すところに従って、北から真南へと歩いていく。レッドから見えないところまで来ると、浅い岩屋に這いずり込み、ばったりと倒れて、ぶるぶると震えながら人間の姿に戻る。自分の脚を、自分の皮膚を取り戻す。傷口が先刻よりも大きく開き、醜悪さを増している。化膿しかけている。何とかしなければ。帆立貝のような筋が走る石の壁面にもたれかかって目を閉じ、さらにしっかりと体を支えておくために両手を大きく開いて地面に押しつける。

その片方の手の下に手紙がある。

リーヴィット夫人が誇らしく思うであろう手紙。ラベンダーの蕾《つぼみ》とアザミの花びらが点々と散った美しい青い紙、青い封筒。それを封じている小さな赤い蠟。印鑑はない、マークひとつない——赤い、いまブルーの肩から滴り落ちている血のように赤い、一滴の封蠟。

ブルーはじっと見つめる。そして笑い出す。虚《うつ》ろな、からっぽの笑い。そして、すすり泣く。封筒を胸に押し当てる。そのまま長い間、封を開こうとしない。

それでも、ついに開き、手紙を取り出して読む。熱が出て額に汗が噴き出てくるが、ブルーは読みつづける。繰り返し読む。何度も何度も何度も読む。

ずっとあとになって〈シーカー〉がやってくる。すっかり食べつくされた怪獣の歯を見つけると、巨大な犬歯を二本むしり取って自分の口にはめ込み、岩屋に向かう。

そこには血のほかには何も残っていない。

ディア・ブルー

私——

私、何を言ったらいいのかわからない。洞察力があって、予知能力があるんじゃないかとさえ思えるリーヴィット夫人も、この状況に対する例文は書いてくれていない。そう、誕生日の例文はある（ついでに、私にも誕生日があるという点では、これは私用《わたし》の例文よね）。お葬式の時の例文も素敵なのがある。もちろん、結婚の時用のも。でも、なぜかリーヴィット夫人は無視している、自分の敵に命を救ってもらった時にどう書いたらいいのかという例文は——

くそったれレッド！（ごめんなさい）これ以上、ジョークは続けられない。それに、あなたのことを敵と呼ぶのは間違っている。

ありがとう。

当然だけれど、何よりもまず、私の命を救ってくれたことに対して。私、あなたがあのブレイドに降りていくのを感知したの。今の私は、生きているほかの誰よりもあなたの足音に敏感になっていると思う（そして、誰もが生きているわけよね、時間の流れの中のどこかで。でも、こんな脱線話をしても、あまり意味がないみたい。普段なら、私、脱線話やジョークが大好きで、それというのも、当面の問題に、真正面からではなくて、斜めから近づいていける気がするからなんだけど、今はもう、そんなふうには感じられなくなっている）。私はあなたのあとをつけた。このことを——あなたのプライバシーを侵害してしまったことを謝らなくちゃ。あなたは、勝利するために、あの姿に変身しなければならなかったんだから。

私ひとりでは絶対にあの怪獣を打ち倒せなかった。あなたは私よりもずっと獰猛だわ。

今、この部分を読みながら、あたりを見まわして私を探しているんじゃない？　私はもう別の場所に行ってしまっている。ディア・ブルー、あなたもそうしたほうがいいと思う。どちらにとっても、ここは安全じゃない。あなたがここにとどまっているのが長くなるほど、私たちはさらに危険な状況に追い込まれる。基礎演習はあなたも知っているとおり：ひとりのトラベラーの足音の振動はどんどん広がっていく――私くらい、あなたの軌跡に同調できるようになった工作員はほかにはいないとしても、でも、みんながみんな、まるっきり耳がきこえないというわけじゃない。あなたの目を見るのは、またいつか別の機会にするとして、手紙だけ残しておく。封蠟で閉じて、ほんの少し香りをつけておいた。

香りは、私にとって伝達の媒体。自分の身を飾るために香りを使うなんてことはまずないわ。私の選んだ香りがあなたの好みに合えばいいんだけど。〝隣のロンドン〟の皿洗いの子に頼んで、あなたが手紙一、二通前の時に選んだお茶のサンプルをもらって、それをプノンペンの香水商のところに持っていって（三十三世紀のストランド７９２２。あなたがこの香りを気に入った時のために、後ろに住所を書いておくわね）、何年間かああでもないこうでもないとやり取りして、やっと、これだというブレンドができた。

それはともかく。この手紙は取っておいて。あなたのだから。最後のサインを読んだら燃えてしまうなんてことはないし、あなたのお気に入りの十九世紀のストランド6の女の人がほかの人に宛てた手紙より早く朽ちてしまうこともない。紙は宋王朝（九六〇〜一二七九）時代の武漢《ウーハン》で作られた手漉《てす》きのもの。湿気た場所に置いておくと腐る。水に浸すとパルプになる。好きなように処分してくれていいわ、お望みなら。私はまったくかまわない。私たちには全員、監視者がいる。この手紙は私の喉もとに突きつけられたナイフよ。私の喉をかき切るのがあなたの望みであれば。

　ここでは動くのがとても難しい。あなたのこの前の手紙への返事を書くのも難しい。何かを感じる——何なのか正確には言えないけれど。全身が震えている。古い地図の縁《へり》には決まって怪物と人魚が描かれているわよね。ここには龍がいるのかしら？

どの道が前方に連れていってくれるのかわからない。でも、あなたの手紙は返事を渇望していた。

　前の手紙を読んでからだいぶたっているけれど、今また再読している——記憶の中で。遠い遠い昔、あなたが警告してくれたとおり、手紙が命取りになる可能性に備えて、頭の中にしか保管していない。今、私は、あなたを、波として、鳥として、狼として見ている（六本脚で二段構えの目を持った私の狼）。二回、同じ姿でとらえることはしないようにしている。思考は脳の中にパターンを作り出して、そうしたパターンは、本気で対応する気になった者には読み取れてしまうから。で、私の〈司令官《コマンダント》〉は時々本気で対応する気になるの。あなたは〈司令官《コマンダント》〉が好きになると思うわ。だから、私は思考の中のあなたの姿をどんどん変えていく。私の頭の中を覗いたら、こんなにもたくさんの青いものが蓄えられているのかって、驚いてしまうわよ。あなたは、いろんな色の炎。ビスマスは青く燃える。セリウムも、ゲルマニウムも、砒素《ひそ》も。わかる？　私はあなたをいろんな物の中に注ぎ込んでいるの。

あなたの目にはもう、私が丸見えよね。不愉快な状況に、正体を暴かれる事態に、まっしぐらに進んでいく私を思い浮かべているんじゃないかしら。私のやり方はいつだって、まっすぐ前に、ひとつの方向に突き進んでいくことだった。躊躇《ちゆうちよ》することも抑制することもなく。心配していたのはひとつだけ、あなたが、私のダラダラとした手紙を、考えなしの、どうしようもない精神状態の現われだと見ているかもしれないということ。私が心配していたのは――あなたは笑うだろうけれど――あなたが、特にその気もないのに、〝まあ相手をしておいてあげるか〟という感じで対応しているんじゃないかということ。

だから…ここではっきりさせておく。

私はあなたに手紙を書くのが好きでたまらない。あなたの手紙を読むのも好きでたまらない。あなたの手紙を読み終えるといつも、こっそりと返事の文章を考えながら、次はどうやって送ろうと考えながら、熱に浮かされたような時間を過ごす。私は、入念に言語化されたフレーズを使って、あらゆる組み合わせの化学物質を合成したり合成を止めたりするトリガーを引くことができる。私の中の化学工場は、私が求めるどんなドラッグでも生成できる。でも、手紙を読むこと、手紙を送ることには、どんなドラッグもとうてい及ばない強烈な作用がある。

正体が暴かれることについて話させて！　もしあなたが何か大きなプランを持っているのなら――あなたの上司たちが想定した若い頃の私の死は簡単にすぎる、むしろ、私の側《がわ》で解体される私の姿を見たい、そんなふうにあなたが思っているのなら――それなら、あなたにとって必要なのは、この手紙を、私の陣営のほかの工作員が見つけるであろう場所に落としておくだけでいい。私はその事実とともに生きていける（そう、その場合は、生きられるといっても、そんなに長くはないだろうし、苦痛に満ちた時間になるだろうけれど。でも、私の言いたいことはわかってもらえるわよね）。

つまり、この手紙の私は〝あなたのもの（yours）〟なの。《ガーデン》のではなく、あなたのミッションのでもなく、あなたひとりだけのものなの。

ほかのいろいろな形でも、私は〝あなたのもの〟。あなたのサインを探して世界を見ている時、生贄《いけにえ》の内臓で占いをしていた古代の腸卜師《ちょうぼくし》みたいに無意味な情報に何かを見てしまう時の私は〝あなたのもの〟。手紙を送る方法や意図や送るチャンスをあれこれ考えている時の私は〝あなたのもの〟。記憶の中にあるあなたの言葉があまりに早くすり切れてしまったりすることがないように、ひとつひとつの言葉をシークエンスによって、音の響きによって、匂いによって、味によって、思い返している時の私は〝あなたのもの〟。あなたのもの。それでも……あなたが、この〝あなたのもの（ｙｏｕｒｓ）〃という表象にこめられたものを正確に受け止めてくれるかどうか、私には確信がない。
図書館に行ってみるのは次回まわし。プランは変更しなければならない場合もあるってこと、わかってね。

Ｙｏｕｒｓ

レッド

連戦連勝の日々。レッドは、自分に考える時間を与えないよう、次々に任務をこなしていく。

十九世紀のストランド622の北京で、豆の莢《さや》のような着心地の悪い絹の長衣（でも、水路の青《ブルー》だ）に身を包んだレッドは、運河建設をめぐる議論を始める。この議論は公共心の議論に発展し、林《リン》という名の官僚――規範を重んじ、賄賂など決して受け取ることのない清廉潔白な人物――の道義心と意欲を大きく燃え上がらせる。林は、皇帝から阿片禁輸を統括する大臣に任命される。広東《カントン》から外国の阿片密輸船を一掃すれば、林はみずからの運河建設というインフラ計画に投入する資金を得ることができる。林が広東に到着して阿片の取り引きを徹底的に取り締まった結果、イギリスが戦争を引き起こす。その時点で、レッドはそっとこのストランドをあとにする。

十四世紀、ストランド329のイスラーム化された強国エチオピアのアクスムで、レッドは闇に紛れ、エスプレッソと砂糖と数学で頭をいっぱいにしてふらふらと家に向かっていた男を刺そうとした男を刺す。レッドが刺した男は死ぬ。翌日目を覚ました数学者は、ひとつの理論――ずっとのちに、別のストランドで双曲幾何学（十九世紀にロバチェフスキー、ボヤイらによって公理系としてまとめられる非ユークリッド幾何学）と呼ばれることになる理論――を考え出す。その時にはすでに、レッドはこのストランドを去っている。

九世紀のアル＝アンダルス（七一一年から一四九二年までイベリア半島に存在したイスラーム王朝の支配地域）で、レッドは、正しい時間に正しいお茶を出す。東アフリカのダイヤモンドの産地ザンジュで、ひとりの男を絹紐で絞め殺す。ストランド9のアマゾン川流域に、無毒化したヨーロッパの超耐性菌を散布する。流域の住民たちがヨーロッパ人と初めて接触するのは、それより十世紀もあとのこと――スペインの征服者たちは、この地にやってきた時に、海の彼方の世界の人々と接触するだけで滅びることなどない、繁栄を誇る強大なコミュニティの何百万という現地人たちと相対《あいたい》することになる。レッドは果てしなく殺人を繰り返す。たいていの場合は――常にというわけではないが――ほかの誰かを生きながらえさせるためだ。

そして、肩ごしに振り返る。

〈シャドウ〉が追ってきている。証拠はないが、レッドにはそれがわかる。骨が折れる時の圧力が骨自身にわかるように。

〈司令官《コマンダント》〉が疑っているに違いない。効率のほんのわずかな低下が疑念を抱かせる要因になることもある。だから、レッドは全身全霊を投じてタスクに邁進《まいしん》する。〈司令官《コマンダント》〉がかつて要求したこともないようなリスキーな任務を次々とこなし、美しく、猛々しく成功を重ねていく。何回も何回も、空無に勝利する。

果てしないスレッドの昇り降り。歴史の髪を編んでは解《ほど》く、その繰り返し。

眠ることはめったにないが、眠る時には静かに横たわり、闇の中で目を閉じて、ラピスラズリを眺め、アイリスの花弁と蒼氷を味わい、アオカケスの鋭い鳴き声に聴き入る。レッドは青いものを集めて保管している。

誰も監視していないことが確かな時には、自分の内に刻み込んだ手紙を読み返す。

この奔走と殺人の日々は単なる時間つぶしでしかない。レッドは待つ。待ちつづける。ギロチンの時を。執行人が姿を現わすのを。私は罠にかかったのだ。執行人となる者が残された手紙のことを〈司令官《コマンダント》〉に報告し、そして今、〈司令官《コマンダント》〉は私をもてあそび、仕事でとことん搾り上げようとしているだけなのだ。〈カオス神託〉が、私にはもう、これ以上搾り出せる価値はほとんどないと告げるまで。

マイ・ディア・コチニール――

あるいは：ブルーは（レッドは新月と満月の二つの月で測られるひと月に一度、ブルーという名前を考えることを自分に許している）あの手紙を読んで、ひるんだのかもしれない。私はあまりに多くのことを書きすぎた。あまりに性急に書きすぎた。レッドのペンは内部に心臓があり、ペン先は静脈中の傷だった。レッドは手紙のあちこちを〝自分自身〟で汚した。彼女は時々、自分が何を書いたのかも――本当のことを書いたということだけを除いて――忘れてしまう。そして、書くことは傷つけることでもあるということを。触れられるだけで破れてしまう蝶の翅《はね》。レッドは、ほかのあらゆる人と同様、自分の弱点がわかっている。過剰な圧力をかけ、やさしく抱擁すればいいものを壊し、そっと歯に押し当てればいいものを嚙みちぎってしまう。

レッドはモルフォ蝶の夢を見る。蝶は、ひとつの世界ほどに巨大な翅を広げて覆いかぶさってくる。あるストランドを絞め殺し、ひねりつぶし、また新たなストランドを構築する。ひたすらに働く。

彼女は鳥たちを見つめる。

何とたくさんの鳥がいることだろう。レッドはそれまで鳥に心をとめたことなど一度もなかった。鳥に関する知識は（あれは何の鳥の声か、どちらが雄でどちらが雌か、頭頂部が青緑色の鴨《かも》は何という名前か）すべてインデックスに保管されている。でも、そんなものを必要としたことがあっただろうか？いつかアクセスしてみようと思ったことはある。いつかあらゆるものにアクセスしてみようと考えてはいる。

だが、今は、本で鳥の名前を学んでいる。時間の節約のためと本は重いからという理由でインデックスから引き出したものもあるが、いずれにしても、そうした知識をクラウド上に放置したままにはしていない。頭の中でそれらの名前を何度も繰り返す。目の奥にパターンを刻み込む。

レッドは、発射台上の宇宙船のコックピットにいる三人の宇宙飛行士を焼き殺す。あらゆる目的が犠牲を必要とする。焦げた肉と不快なゴムの臭いが肺いっぱいに広がり、レッドは過去へと逃げ出す。泣いているところを誰にも見られたくない。オハイオ川の土手に崩れ落ち、体を二つ折りにして藪《やぶ》の中に嘔吐すると、這いずってその場を離れ、ゴムの臭いと絶叫を吐き出す。服を脱ぎ捨てる。川に踏み込み、頭が水に隠れるところまで進んでいく。北にカナダ雁《がん》の群れが現われ、きしむ翼で空を緑がかった黒に染める。

レッドは足を止め、口から泡《あぶく》を吐く。

雁の群れが川面《かわも》に降り立つ。何本もの脚が水をかく。三十分とどまったのち、群れは雷のような羽音を立てていっせいに飛び立つ。

レッドは川から上がる。

水辺で一羽が待っている。レッドを。

レッドは膝をつく。

その肩に雁が頭を置く。

そして雁は飛び立ち、あとに二枚の羽根が残される。

レッドは羽根を握りしめ、長い間胸に押し当てている。そして読む。

そののち、ずっと南方で、一羽の巨大なミミズクが雁を捕まえる。〈シーカー〉は泣きながら、雁の心臓を食べる。

レッドがその場所に足を踏み入れた時、そこには、足跡と、心臓を抜き取られた雁の死骸しか残っていない。

マイ・ディア・ミスコウアーンツェ（北米の先住民オジブワ族の言葉で〝赤い光〟の意）

夜明け前、まだ暗い中でゆっくりと、スレート板にチョークでこの手紙を書いているところ——あとで雁の羽根に転写するつもり。ここには小さな丘があって、そこからウタウエ川（オタワ川のフランス語の呼称）に陽が沈むのが見えて、毎日毎日、夕暮れ時には、赤い空が青い水に血を流すのを眺めながら、私たちのことを考えている。こんな日没を、あなたは見たことがあるかしら。二つの色は混ざらないの。空の赤が濃くなっていけばいくほど、水の青さも深くなっていく。私たちが太陽から遠ざかっていくみたいに。

私は今、《ガーデン》の愛してやまないストランドのひとつ——この大陸が、私たちの〈シフト〉にとって有害な思想家や生産様式を備えた移民たちにまだ決定的に踏み荒らされていない時代の、至高のストランドのひとつ——で、潜入生活を送っている。いわばリサーチ・ミッションね。ほかのストランドに編み入れるのを容易にするために、繊維を引っ張ったり、水分を取り除いたり。もちろん、常にバランスを取ることが必要。何も失わずに与えて、どこも弱くすることなくサポートしていく。すべてが〝編むこと〟なの。

私がここに配置されたのは療養のためだと思う。こういったことは必ずしも詳しく教えてもらえるわけではないけれど、でも、私がハチドリや渡りをする雁が好きだということは、《ガーデン》もよく知っている。感謝しているわ。のんびり手紙が書けるのは最高。ここにいる間にできるだけたくさん書きたいと思っている。たとえ人生ひとつ分ずつのペースであなたのもとに届けなければならないというだけの理由にしても――私がまたブレイドを歩けるようになるまでには、とても長い時間がかかるはずだから。

私は結婚していて、まもなく夫を起こして、ローズヒップ・ティーと朝ご飯の支度をして、仕事に送り出す。いい人よ。伝令と斥候をやっている。これから寒くなっていく時期なので、分配する物資と送らなければならないメッセージが大量にあるの。冬が来る前に――冬になったら、家の中に閉じこもって、毛布にくるまって、物語を語って過ごすことになる。

こうした細々《こまごま》とした物や仕事に囲まれて暮らすって、何て贅沢なことかしら。あなたとも分かち合えれば。レッド、こうしたものをあなたにもあげることができれば。

ローズヒップを味わったことはある？　お茶に入れたり、ジャムにしたりして。シャープな酸味が、歯をきれいにして、気分をリフレッシュさせてくれて、素敵な朝のような香りがするのよ。ローズヒップとミントを擂《す》りつぶしたあとは、香りを頭の中にとどめておくために、一日中、指を合わせてピンと伸ばしている。スマック（ウルシ科の低木で、赤い果実を乾燥させ、細かく砕いて香辛料にする。中近東料理でよく使われるスパイス）もそう。あなたはきっとスマックが気に入ると思うわ。

ふと気がついたけれど、私、赤くて甘くないものの名前ばかり挙げている。あなたの手紙――一番新しい手紙。あの手紙を、あなたの同僚に読まれるようなところに落としておくなんてことはしない。絶対にしない。あれは〝私のもの〟だから。自分の所有するものに対して、私はとても注意深いの。

そう、そんなに多くはないわ――私が所有しているものは。《ガーデン》では、みながお互いを所有し合っている。〝所有する〟という言葉が意味をなさなくなるような形で。私たちは一体になって沈み、膨らみ、芽を出し、花を咲かせる。私たちは《ガーデン》と融合している。《ガーデン》は私たちを通して広がっていく。《ガーデン》は言葉を嫌っている。言葉は抽象で、緑の存在から遠くかけ離れたものだから。言葉は、フェンスや塹壕《ざんごう》のようなパターンだから。言葉は傷つけるものだから。だから、体じゅうのあちこちに言葉を撒き散らしておくかぎり、私はそれらの言葉の中に隠れることができる。あなたの手紙を読むのは、私自身の内部から草花を摘み取ること。こちらで花を摘み、あちらで羊歯《しだ》を摘み、そうして集めた花束を、陽がいっぱいに射し込む部屋に合うようにアレンジしてはまたアレンジするのを繰り返す。

あなたの〈司令官《コマンダント》〉を好きになるなんて、考えるだけで楽しくなってしまう。とんでもなく不思議なストランドね――そんなことがあるとしたら。

私、あなたの手紙について話すのを避けつづけている。なぜかと言うと、手紙について話すのは、あなたの手紙が私に対してしてくれたことを、封じ込めてしまうように思えるから。私に対してしてくれたことを矮小化《わいしょうか》してしまうように思えるから。そんなことは絶対にしたくない。そう、いくつかの点で、私は、《ガーデン》が思っている以上に《ガーデン》の子供なのかもしれない。詩は、言語を破壊して、本当に重要な意義を明らかにしてくれるけれど、その詩でさえ、いずれは骨化していく。樹々が骨化していくのと同じように。たおやかで、しなやかで、やわらかくて、生き生きとしたものが、成長するにつれて硬くなっていく。硬い鎧《よろい》をまとっていく。あなたに触れることができれば、《ガーデン》がするように、あなたの額に指を当ててあなたを私の内に沈み込ませていくことができれば——その時には事態は変わる、たぶん。でもそんな時は絶対に来ない。

だから、代わりにこの手紙を書いている。

闇に向かって手で書いていると、何だかとりとめのないおしゃべりになっていくような気がする。自分でも当惑しているわ。とりとめのないおしゃべりをするなんて、これまでの人生で一日たりとなかったことだもの。絶対に、間違いなく。ほかにも、あなたにあげるものがある。これも、私にとっては初めてのこと。

Yours

ブルー

PS：この手紙が届いた時に図書館の近くにいたら、ナオミ・ミッチソンの『トラベル・ライト』を読んでみて。この本が存在しているストランドでは、どの本も全部同じ。移動中のあなたにとって――この今も、あなたが縦横無尽に移動を続けているのはわかっている――心を安めてくれるものになるかもしれないわ。

PPS：ありがとう。あの手紙をくれて。

夜明け前の静寂に満ちた光の中を、ブルーは、何らかのサインはないかと探しながら歩いていく。

ここでの彼女の仕事はゆっくりとしているが、決して退屈なものではない。工作員としてのブルーの優れた能力のひとつは、彼女があらゆる命《いのち》に〝全体性〟をもたらすことができるというところにある。彼女の夫はやがて、ライバルの友人の娘にとって重要な役割を果たすことになる。ブルーが彼と交わす会話、ブルーが彼のために作る贈り物、ブルーがベッドの中でそっと彼を揺すって導いていく夢、そのひとつひとつが様々な可能性の蔓をこのストランドから別のストランドへと伸ばしていき、細かな震えを送り込んで、《ガーデン》の方向へと向かう未来の大きな枝々を揺り動かしていく。

ここでの彼女の役割が、こうした、あらゆる面における意図された暮らしそのものであることは、《ガーデン》からのプレゼントだと言っていい。森の中を散策し、鳥や樹や色彩について考えること——これがブルーに期待されていることであり、決定的に重要なミッションなのだ。ブルーは都会が——都会の匿名性、都会の匂いと音が好きだが、森もそれに劣らず好きな場所だ。多くの人が、森には静寂以外には何もないと言うけれど、そんなことはない。ブルーは、カケスの、キツツキの、クロムクドリモドキの声に耳をすまし、空中を飛びながら闘うハチドリの姿に声を上げて笑う。ブルーが手を差し伸べると、ゴジュウカラやアメリカコガラや黒と白のムシクイがすっと飛んできて、彼女の指を枝代わりにする。ブルーは、シルスイキツツキの頭を――その色の名前を口にすることなく――撫で、それに触れている時の胸の高鳴りを針と糸にして、彼女が森で感じるであろうと《ガーデン》が期待している〝歓《よろこ》び〟を縫い上げていく。

肩の傷は、今では、何の形とも取れるトラウマの透かし彫りになっている。狼たちは近くに寄ってこようとはせず、距離を置いたところから愛情のこもったまなざしを注ぐ。

こんなふうにゆったりと歩くことが彼女に求められていることなので、何かを探していると気づかれずにいるのは比較的たやすい。彼女は、去年のシーズンの落ち葉を裏返し、カラスの頭蓋骨や乾きかけたビロードのような抜け落ちた鹿の枝角や狐の歯を拾い上げながら歩いていく。そんな彼女が大きな灰色のフクロウの前に――まるで餌食になろうとしているかのように――静かに歩み寄っていっても、特に注目すべきことには見えない。フクロウの魔法使いのような顔がブルーのほうに傾《かし》げられる。光沢のある羽毛が、退いていく夜の色をさざめかせる。

威厳ある静謐《せいひつ》な姿でオークの空洞《うろ》にたたずむフクロウがブルーを見る。

そして、大きな丸いペレット（羽根や骨など消化できないものの塊）を吐き出し、全身を大きく波打たせて飛び去る。

ブルーは笑い声を上げる。唐突に、鋭く。上体を曲げてペレットを拾い上げ、目を向けることもなく、片方の手の指の間で引っくり返す。単に、新しいコレクションがひとつ増えただけという風情《ふぜい》で。でも、家に戻るまで、ポケットに入れたペレットから手を離しはしない。日没まで彼女は待つ。真紅に染まっていく空を見つめられる時刻になると、ようやくペレットを慎重に切る。中に読むべきものが入っている。

何年もたってから、〈シーカー〉が音速にわずかに足らないスピードで、ぼんやりとした影の姿で現われたり消えたりを繰り返しながら一帯を探しまわり、小さな骨のかけらを拾い集めて、もう一度ブレイドに運び込む。

ディアレスト・ラピス!

そのとおり! 私、ずっと動きっぱなしだった。このところ、彼らは分単位で新しい仕事を割り当ててきて、私たちは——そう、正確には、私は——過去へ未来へと大忙しで駆けずりまわっていた。あなたたちの策略と罠のおかげで、こちらの人員損耗は増大する一方。その穴を埋めるためにどんどんミッションが増えていったというわけ。でも、戦争の話は充分。これ以上話す必要はないわね。とにかく急いで書かなくちゃ。

　本当は、私の性急な物言いを許してほしいと書くつもりだったんだけど、そう書こうとした途端に、頭を振るあなたの姿が見えた。あなたの言うとおりだったわ——私が、自分の内に〝ひとりのあなた〟を作り上げてきたんだということ。あなたのほうもそうしてきたんだということ。あなたの中には、いったいどんな私がいるのかしら。

　ありがとう、あの手紙、言葉にできないほどに嬉しかった。あの手紙は、私が飢えのまっただ中にいる時に届いた。

　言葉は傷つけることがある——でも、言葉は橋でもあるわ（チンギス・ハーンの橋みたいに。彼が残したのは橋だけだったけれど）。それとも、橋も傷になることがある？　ある預言者の言葉をパラフレーズすると、〝手紙は構造物だ、出来事ではない〟。あなたの手紙は、私に、その内側で生きる場所を与えてくれる。

　私の内のあなたの記憶は何千年もの時を貫いて伸び広がっていて、そのひとつひとつに、スポットライトを浴びて動いているあなたがいる。ご主人と一緒に、ローズヒップ・ティーと一緒に、日没と川と一緒に家にいるあなたの映像に、胸がいっぱいになる。海面の点々をなぞっていくと、その下にいる鯨の姿が浮かび上がる——星々の点をつないでいくと、何光年もの大きさのある熊の形になる。だから、私は今、こういったヒントからあなたの暮らしをたどっていっている。目を覚ますあなたを、眠っているあなたを頭に思い浮かべる。雁を見つめているあなたを、戸外で腕と背中と脚とその時代の技術を使って仕事に励んでいるあなたを思い浮かべる。スマックは、今度スマックが生えている場所に行った時に探してみるわ。本当のことを言うと、私は毒のあるスマックしか知らないんだけど、あなたが言っているのは、それとは違いそう。

もしかしたら、私たち、いつか、すぐそばで暮らす任務につかされることがあるかもしれないわね。遠い過去のどこかの小さな村で、潜入工作員として、お互いを監視し合うような任務。そうしたら、私たち、一緒にお茶を淹《い》れて、本を交換して過ごすことができる！　相手が何をやっているかに関しては、危なそうなことはいっさい排除した報告を〈ホーム〉に送ればいい。でも……そうなっても、私は相変わらず手紙を書いていると思う。

ミッチソン、読んだわ。とても気に入った（サマリーを書くにはまだ早すぎるような気がするけれど――あなたが言葉について何を言おうとしているかが、やっとわかった）。衝撃を受けた。特に、龍たちとオーディンとエンディング。コンスタンティノープルのところはかなり手強《てごわ》くて、あの部分はコンテクストをつかみそこなったところもあるかもしれないけれど、でも、本の中でどういう場所として描かれているのかはわかったし、あの叙述の仕掛けは『ドン・キホーテ』のいくつかの場面を思い起こさせた。だけど、最後に明らかにされた事実――王たちと龍たちに関して――は、もう大拍手！　私たち、どういうわけだか、騎士は龍と戦うものだとしか考えていないけど、実際には騎士は龍のために働いているのよね。
《ガーデン》は根が好きなようだけれど、この本は〝根がない〟というところに根ざしている。とすると、あなたはタンブルウィード（秋の終わり頃に枯れ、ちぎれて、球状になって風の吹くままに転がっていく植物）？　タンポポの綿毛？
あなたはあなた自身、そのままでいて。私も私自身でいる。

Yours　　　　　　　　　　　　　　　　レッド

PS：フクロウは魅力的な生き物だけれど、私の手から食べ物を摂るようにさせるのは思っていた以上に難しかった。あの一羽はたぶん、私を信頼していなかったんだわ。

PPS：あなたを不安にさせるつもりはないんだけど――〈シャドウ〉を目撃してはいない？　私、〈シャドウ〉の姿をとらえたような気がするの。まだ証拠はないし、私が妄想に駆られているだけかもしれない。でも、妄想だからといって、必ずしも私が間違っているということにはならないわ。〈司令官《コマンダント》〉も何かを疑っているような様子は見せていない。少なくとも今のところは。でも、用心して。

ＰＰＰＳ：それにしても、あの本！　私、つい大胆になって、ストランド６２３の何人かの有名な文芸評論家に、あの本を勧めてしまった。ブームにするのは難しいとしても、でも、どうなるかわからないわよ――新しいストランドはいつだって生まれているんだから。たくさん手紙を送って。

はるかな未来のストランド2218。宇宙艦隊どうしの戦いにレッドは勝利する。巨大な〈ガラムフライ〉が艦体を惑星方向に大きく傾け、脱出ポッドを雨のように振りまく中、戦闘ステーションが次々と火中に投じられた花のようにしぼんでいく中、何艇もの高速スキマーが無線帯域を勝利の雄叫《おたけ》びで沸き立たせながら、逃走していく敵の船尾に襲いかかる中、無音の宇宙空間に向けてとどめの砲火が送り込まれる中、レッドはそっと、このストランドを離れる。勝利の感覚は古臭く、あっという間に消え去っていく。以前は、こうした戦闘が楽しくてならなかったレッドだが、今は、その場にいない誰かを思い起こさせるだけでしかない。

レッドは過去に慰めを求めてスレッドを遡《さかのぼ》る。

同類の仲間を探すことなどめったにない。同類の仲間——どこかの時点で正常な成長プロセスから逸脱していることがわかり、ポッドから出された者たち。最も逸脱しているのは、みずからポッドの外に出た者たちだ。彼らはみな心穏やかな状態にはなく、それぞれが天空の薔薇《セレスティアル・ローズ》の中でプレーしている。彼らは、集合体としての《エージェンシー》という存在からみずからの身体を切り離し、非対称の要素を持ち込んでいる。

レッドは思う。戦争がすでに存在しているという状況でなければ、彼らが自分たちの手で戦争を始めるだろう。

それでも今、レッドは同類の仲間を探す。必ず見つけることのできる場所のひとつに行く。陽光がギラギラと街路に叩きつけているローマ。鋭い鼻と余分なものをいっさいそぎ落とした顔の上に月桂冠を戴《いただ》いた男が、随行者たちとともに、ポンペイウス劇場の前に差しかかる。何人かが行く手を阻《はば》み、改めて中に入るよう男を促《うなが》す。劇場内の影の中で、大勢が待ち構えている。元老院の議員たち、その従者たち、そして〝それ以外の者たち〟。

「誰かにあとをつけられていると思ったことはない?」レッドは〝それ以外の者たち〟のひとりに尋ねる。「〈司令官《コマンダント》〉にスパイされていると感じたことはない?」

元老院議員のひとりがカエサルに、追放者を帰還させてほしいと請願する。

「あとをつけられてる?」左側にいる鼻のつぶれた男性が言う。「敵に尾行されたことは何度かある。でも、《エージェンシー》にだって? 〈司令官《コマンダント》〉が我々をスパイしたければ、マインドを読めばいいだけのことじゃないか」

カエサルは請願を一蹴するが、元老院議員たちは一団となってカエサルに詰め寄る。

「誰かがずっと私の行く先々についてきてるの」レッドは言う。「だけど、捕まえたと思った瞬間にいなくなってしまう」

「敵の工作員よ」右側にいた女性が言う。

「個人的な遠足、リサーチ・トリップの時の話。反撃じゃないわ。私がどこに行こうとしているか、敵の工作員にどうやってわかるというの？」

元老院議員のひとりがナイフを取り出し、背後から刺そうとするが、カエサルはその手をつかむ。

「〈司令官《コマンダント》〉だとしたら」と鼻のつぶれた男性。「何が心配なんだ？」

レッドは顔をしかめる。「忠誠心が試されているのかどうかを知りたいのよ」

手をつかまれた議員がギリシア語で助けを求める。ほかの議員たちもそれぞれのナイフを鞘《さや》から抜く。

「それだとテストの意味がなくなるじゃないの」女性が言う。「いいかげんにしてよ。お楽しみに参加しそこなっちゃうわ」その顔に満面の笑みが浮かぶ。手には長い刃のナイフが握られている。

観客席の殺人者たちが降りていく中、カエサルが何事か短く叫ぶが、その声はどよめきの中に消えてしまう。レッドは肩をすくめて仲間たちに加わる。彼らの戦争には、羽目をはずすチャンスはほとんどない。そんな貴重なチャンスを放棄してしまうところを見られるわけにはいかない。血が両手をべっとりと汚す。それを、レッドは、あとで、遠く離れた別の川で洗い流す。

樹の葉が色づきつつあるオハイオの森。渡り中の雁《がん》たちが降り立つ。その一羽が群れから離れて近づいてくる。手紙を運んできたこの雁の運命を思って、レッドは瞬時、罪の意識を覚える。

雁の頸《くび》に蔓紐が巻きつき、その紐から細い革袋がぶら下がっている。

袋を開けるレッドの手が震える。中には六粒の種子が入っている。六つの小さな真紅の涙の雫《しずく》。その表面には、さらに小さな一から六までの数字が記されている。袋には、この大陸ないしストランドにはあまりに青すぎるインクの文字――これまで一度しか見たことがないとはいえ、レッドのよく知っている手書きの文字がある。私を信頼する？

レッドは森の中に座り込む。ひとりきりで。

レッドは信頼する。

レッドは骨の髄の深いところでブルーを信頼するが、〝信頼しない〟が何を意味しているのかを認識するまで長い間考えなければならない。この種子が何なのか、レッドが判断を誤っていた場合、この種子はどんな結果をもたらすのか。

レッドは一から三までの種子をひと粒ずつ食べる。バオバブの樹の下に座るべきだったが、代わりに棘だらけの樹皮にくるまれたトチノキの根もとに体を投げ出す。

意識内に一通ずつ広がっていく手紙を、レッドは記憶の宮殿に組み込んでいく。ひとつひとつの言葉をコバルトとラピスラズリの内に編み込み、サンマルコ大聖堂のフレスコ画の聖母のローブに、磁器の染め付けの顔料に、氷河のクレバスの底の色の内に織り込む。絶対に彼女を消滅させはしない。

三粒目を食べ、三番目の手紙を読み終えると、レッドは眠り込む。

トチノキの樹皮のざわめきに目を覚ました時、残りの三粒はしっかりと手に握られていたが、革袋はなくなっている。森の中に足音が聞こえ、レッドはそれを追う。〈シャドウ〉が彼女の前を猛烈な勢いで走っていく。だが、レッドにはどうしても捕まえることができない。〈シャドウ〉が消えてしまうと、息を切らしたレッドは、無人の森の中でばったりと頽《くずお》れ、膝をつく。

ルビーよりもずっと価値のある聡明な人へ

このところずっと、羊毛フェルトの人形を作っている。愛する人の妹の子供たちのために。ひとりにはフクロウの赤ちゃん、もうひとりには子鹿。こんなデリケートな道具を使って、こんな荒っぽい作業をするなんて、羊毛フェルトって本当に面白い。皮膚をついているのが感じられないほどの細い針を粗い毛の繊維のかたまりに何度も何度も突き刺して、好きな形に整えていくの。

この作業をしながら、あなたを感じている。あなたという針が踊りながら、息を飲むような奔放さで過去へ未来へと昇り降りしていくのを感じる。私が触った場所に、あなたの手が置かれるのを感じる。あなたはおそろしい速さで、おそろしく獰猛に動いている——あなたが走り抜けたブレイドがどんどん太くなって、入っていけるストランドがどんどん少なくなっていく。《ガーデン》はしかめっ面をして、私に、仕事に没頭しなさいと雷を落とす。

私なら、その気になればあなたを制止できるのに。その方法を考えているのがとても楽しい。時々、本当に〝その気〟になるわ。あなたの迅速さと確信に満ちた動きを知りながら、ここにじっと座っていると、私ももう一度、あなたに匹敵する存在であることを証明しなければって思ってしまう。あなたが私に賞賛のまなざしを向けるのを見るだけのためにあなたを制止したいという思いが、強烈な電流のように私を突き通す。

この手紙を送れるのは六ヵ月先。だから、何通かに分けて書く。あなたに届けたい言葉をいくつかの小包にして送り出す。もちろん、あなたは一気に読んでしまうだろうけれど。それとも、一気読みはしない？　仕事が一段落してゆっくりできるようになった時のために、開封せずに置いておく？　もしかしたら、私が書いているペースに合わせて読みたいなんて思っている？　でも、そんなふうに時間を無駄にすることはないわね。これを手もとに――誰かに見つかる可能性がある場所に置いておいたら、危険が増すばかりだし。一気に読んでしまうほうがいいわ。

いずれにしても――これはスタッグホーン・スマックよ。毒のある種類じゃない。肉やサラダやタバコに混ぜると、とてもおいしくていい香りがする。どんなピリッとした感触があるか、どんな酸味があるか、味わってみて。擂《す》りつぶしてスパイスにして振りかけたり、スモークの時に使ったりするの。採ったばかりの果実の頭の部分を丸ごと冷たい水に浸けると、レモネードみたいなものができるわ。
　一度にひと粒ずつ食べるのがベストね。舌で転がして、歯の下でつぶして。

Yours
ブルー

PS：私、スマックの後味を味わいながら書くのが大好き。
PPS：このスマックと毒のあるスマックの違いに気づいてくれていたらいいんだけど。毒のある種類で赤いのはひとつだけよ。

……………

マイ・ディア・シュガーメイプル

サトウカエデの幹に取り出し口をつけて集めた樹液を、シロップとハード・キャンディ用に煮詰めているところ。口の中でこの手紙を味わいながら、私がどんな場所でどんなふうにあなたのことを考えているかを知ってもらいたい。逆に考えてみるのも楽しいわ――あなたが、この部分を食べている間に、私は実は、あなたの奥深くに取り出し口《リード》を突っ込んで、そこから何か甘いものを溢れ出させているんだ、というふうに。

そんな乱暴なことをせずにいられたらと思うこともある。いいえ、本当は、そんな乱暴なことをしたいなんて考えるべきじゃない――そう思うことがある。こういうことは――〝こういうこと〟が何であろうと――やさしく、穏やかな愛情をもって提示するほうがずっといいに決まっている。なのに、私は、リードを突っ込んで、そこからあなたの樹液を溢れ出させるなんてことを書いている。この点に関しては――許してもらえるわね。私にとって、ソフトであるというのは往々にして〝そういうふりをする〟ということなの。そして、あなたに手紙を書いている時には〝ふりをする〟なんて簡単にできることじゃない。

私たちが過去のどこかの村で一緒にいる、友達として、隣人として一緒に暮らしている――そんなヴィジョンを、あなたは書いていた。これまでに、私はこの谷間の世界をそっくり飲み込むことができたけれど、でも、私の〝飢え〟はまだ満たされていない。代わりに、私はそれを糸に託して、あなたの針の目を通して動かして、皮膚の下のどこかに縫い込んでいる。ひと針ずつ、あなたへの次の手紙を刺繍している。

Yours

ブルー

……………

船乗りの歓びへ（〝夕焼けの赤い空〟の意）

雪は消えて、何もかもがあたたかくなっていく。太陽が握りしめた拳《こぶし》の背で地面をこねて、凍った土を解きほぐしているみたいに。地平線に、種を蒔く時が近づいているという兆《きざ》しが見える。この言葉をしっかり噛みしめて、それから裏返すと、今度は《ガーデン》がどんなふうに〝時間の種〟を蒔くかが思い起こされて、思わず笑みが浮かんでしまう。この季節、《ガーデン》は、砂漠の季節よりもずっと精妙に時間を植えつけていく。そう、地平線は約束のしるしなの。

　ここまで持ち出さずにきたけれど、〈シャドウ〉に関する懸念のこと。私、ずっと注意深く様子をうかがってきた。あなたとのやり取りが始まってまもない頃に、あとをつけられていると百パーセント確信できる時があった。そう思わせたのは、ちょっとしたこと、それとはっきり指摘するのは難しい些細《ささい》なこと。つい今しがたまで誰かがそこにいて、その誰かが出ていった直後の部屋に足を踏み入れた時のような感覚は、あなたも知っているわよね。それと似ていて、でも逆の状況。現実に誰かに追われたわけじゃない。でも……私の軌跡をたどっている者がいるという感覚。

ただ、ここで潜入生活を始めてからは、その感覚を感じたことは一度もなくて、むしろ、そのほうが不安材料だと言えるかもしれない。《ガーデン》が工作員を潜入生活に送り込んだ場合、これはあなたたちの〈司令官《コマンダント》〉も間違いなく気づいているはずだけれど、彼らにアプローチするのはほぼ不可能なの。潜入生活を送る工作員は、その環境に分かちがたく溶け込んでいる。ストランドの織物に完璧に織り込まれている。そんな私たちを切り離すということは、そのストランドに醜悪《しゅうあく》な穴をいくつも開けてしまうということなのよ。その穴から〈カオス〉が溢れ出してくる。未来にいる誰ひとりとして、カオスを呼吸して生きているあなたたちの〈カオス神託〉でさえ、絶対に望まない事態。あまりにも予測不能で、あまりにもコントロールが難しい事態。コストと利得の関係の何もかもが完全に歪《ゆが》んでしまう事態。だから、あなたたちは、動いている私たちを捕まえるわけよね。中間地帯にいて、そのブレイドをダンスさせながら、そこの生活には軽く触れているだけの、そんな状態にある私たちを。実際、《ガーデン》ですら潜入生活を送っている者に接触するのは難しくて、彼らの意識の中でも、微妙なニュアンスに富んだたくさんの枝を駆使する必要がある。工作員が、時間の流れの外に出て、潜入生活を送る誰かにアプローチするには、実際問題として、その世界と同じ皮膚をまとわなければならない。その前提条件が満たされた上で初めて、そのブレイドで潜入生活を送る者の五十年以内ないし千マイル以内の領域に入ることができる。

あなたはこう尋ねるでしょうね——それならどうして、手紙を鳥の胃袋の内容物に入れて送るなんてことができるのかって。鳥は、私が季節ごとに開いたり閉じたりできる通信チャンネルなのよ。仲間の工作員たちは、春分と秋分に自分たちの仕事のことを伝えてくれる。《ガーデン》は私の体の中で、いっそう美しい花を咲かせる。トラフィックはたっぷりあるから、こちらから送るのも向こうから来るのも偽装するのは簡単。宛先違いにしておいたり、時には何気ない情景の中に隠しておいたり。ただ、敵の工作員は……私たちの世界の緑の障壁を突破しようとする、あなたたちの側の工作員の身に何が起こるかについては、いろんな話を耳にしてきたわ。たとえば、茨《いばら》の生け垣を通り抜けようとしている工作員を想像してみて。強引に突き進んでいけばいくほど、茨がどんどん密集して、硬く、鋭くなっていく。これがどんな感じかはわかるわよね。その状態が何エーカーも何十年も続いて、最終的に、その工作員は、ズタズタのリボンに、細い紐の切れ端になってしまうしかないのよ。

確かなのは、今の私はあとをつけられていないということ。あなたが今も尾行されているのなら、その尾行者が私の側の人間かどうかを確認できる〈フィーラー〉を送り出してもいい。あなたのあとを追っているのが私たちの側の工作員だというのはありうることよね——あなたがあんなに小さかった頃から、《ガーデン》があなたに関心を持ってきたのははっきりしているのだから。でも、その場合は、あなたはどんな相手にも捕まることはない。私の側の者を欺いて巧みに回避するあなたの能力に、私は絶対の確信を持っている。

尾行者が私の側の誰かであるとして、少なくとも私じゃないことは確かよ。でも、もし、あなたの側の者だったら——問題はもっと複雑で厄介だわ。警戒して。

Yours　　　　　　　　　　　　　ブルー

PS：〈シャドウ〉の性質について、教えてもらえる情報があったら何でも教えて。匂いとか、感覚の特定の色とか、目覚めたあとで、今のは悪夢で、実際には安全だと思った時の、その夢の内容とか——何でも調査の役に立つ。あなたが夢を見るかどうかは教えてもらっていなかったような気がするけれど。

ブルーは指で草を編んでいる。

その様子は純然たる暇つぶしのように見える。一日の終わり、川縁《かわべり》であぐらを組み、日没の色に染められて楽しそうに編み物をしている長い髪の女性。彼女は籠や網を編んでいるのではない。すぐそばで裸足で走りまわっている子供たちのための頭飾りや花輪を編んでいるのでもない。

彼女がやっているのは研究だ。彼女がやっているのはゲームだ。六次元の囲碁‐チェス。ひとつひとつの駒は同時に碁石で、黒と白のすべての盤面と黒と白のすべての石が互いのまわりを踊りまわり、押し合い、ナイトがルークになり、当たり（碁で、相手が放置すれば、次に、囲んだ石を取ってしまう一手）を繰り返しながら、入念に詰《チェックメイト》みに向かって進んでいく。彼女は草の上に草を重ね、さらに草を重ねて研究する。緑の幾何学《ジオメトリー》だけでなく、香りと熱の微積分を、灌木《かんぼく》層の熱力学を、鳥の歌の速度を。

この作業に没頭していると――草に寄生する糸状菌《しじょうきん》の匂いで太陽の方位を測りながら、クロムクドリモドキの姿を編んでいると――一羽のミドリツバメが不意に周辺視野を横切り、その不協和音で、彼女を夢想の流れから切断する。目の隅に瞬時ひらめいた青い閃光に、その説明のつかない登場に、ブルーははっとする。ミドリツバメはいくらでもいるけれど、この一羽は普通のミドリツバメではない。その一羽は、秋のからっぽになった巣に近づいていく。収穫期が近づいた頃、甥っ子に見せて、鳥たちからどれほど多く〝編むこと〟を学べるかを教えようとした巣。

ブルーは立ち上がる。手から草が、種のようにはらはらと落ちる。彼女はあとを追い、ミドリツバメがからの巣に一匹のイトトンボを置いて飛び去るのを見つめる。

巣のある樹によじ登り、泥だらけの小枝の山からイトトンボをつまみ上げて、地面に跳び降りる。イトトンボの針のような胴体の黒と青の市松模様の間に手紙がある。

ブルーはイトトンボの死骸から、地面に散った、自分の思考で作られた草の切れ端に目を移す。無用のままに山積みになっている緑と金色の草の束。ナイフで刺し貫かれるような、紐で縛り上げられるような幸福感以外には何も感じることなく、ブルーは大きく口を開き、イトトンボをひと飲みにする。翅《はね》も何もかも一緒くたに。

何年もあとになって、ブルーが座っていた草の上に〈シーカー〉の影が落ちる。〈シーカー〉はひとすくいの草を拾い上げたのちに、フェードアウトしていく。

スマック・レターの最初の三通を読んだところで、返事を書かずにはいられなくなった。次の手紙に何が書かれているか知らないままに書くのはちょっと心配（私、今も三通分の手紙を味わっている。三通分のスマックの味がずっと残っている。ほかの香りを全部消してしまって、あなたでいっぱいの味だけが体じゅうを駆けめぐっている）。もしかしたら、残りの未開封の手紙に答えが書かれている質問をしてしまうかもしれない。もしかしたら、気に障るような文章を書いてしまうかもしれない。

それでも、あなたが返事を待ち焦がれていたらと思うだけで、胸がいっぱいになってしまう。あなたは、鳥たちに目を向けさせてくれた。私はあなたみたいに鳥たちの名前を知っているわけではないけれど、息をふっと吐いてからトレモロで歌い出す明るい色の小さな鳥を見た。今の私はそんな感じ。あなたに向けて私自身の歌を送り出す。爪で枝をぎゅっとつかんで。私の全部を搾り出す。残りの手紙が息をつかせてくれるまで、残りの手紙が私をいっぱいにして弾《はじ》けさせてくれるまで。

あなたがフィールドにいないのが寂しい。負けることがなくなって寂しい。追走が、猛烈な怒りが恋しい。存分に戦って勝ち取れる勝利が恋しい。あなたの仲間たちは、それなりの策略とそれなりの熱意を持っていて、時にはクレバーなゲームをするけれど、でも、あれほどまでに入り組んだ、あれほどまでに慎重で、あれほどまでに確信を持った戦いをする者はひとりもいない。あなたはずっと、私を石のように砥《と》いできた。いま戦っている戦いの中では、私はほとんど無敵だと感じている。アキレウスみたいなもの。羽根が生えているような足、羽根のように軽いタッチ。私たちの手紙が織り上げている、この非在の場所にいる時だけ、私は弱さを感じる。

ここにいる時だけ、私は鎧《よろい》をまとわずにいられる。これがどんなに嬉しいことか。

あなたも、またフィールドで以前のように私にナイフの切っ先を突きつけられればと思っている。ある意味では、今この瞬間も、あなたは私にナイフを突きつけている。残りの三粒のスマックはまだ目の後ろの窪《くぼ》みにあって、これがあるかぎり、あなたは私を背後から襲う刃《やいば》でありつづける。この危険な可能性が私をゾクゾクさせる。それに、あなたがこのストランドに配備されたことにまったく目的がないと考えるほど、私はうぶじゃない。《ガーデン》はゆっくりと仕事をする。何世代もの人生をかけて作戦を実行する。《ガーデン》はあなたを巣穴深くにもぐり込ませて、そして、そんなあなたを通して、何かとてつもなく大きな変化を生み出そうとしている。私たちが表面であくせくしている間に。

そして、フィールドにいないあなたは刃のように危険な存在。手紙もなく、時間の中を歩む足音の振動もない中で、私はあなたの記憶を追い求める。私は自問する。あなたが今ここにいたら何を言い何をするだろう？　私は肩ごしに伸ばされるあなたの手を想像する。獲物の喉にかけた私の手の位置を変え、自分の望む方向にストランドを編んでいくように誘導するあなたの手を。

今も私は監視されている。〈シャドウ〉が、私の〈シーカー〉が、ひそかにあとをつけている。紫がかった黄昏《たそがれ》の中に一瞬、その姿が見える。でも、追っていった先に、それはいない。匂い——はっきりとは言えないけれど、オゾンと焼けた楓《かえで》のようなかすかな匂い。〈シャドウ〉はいろんな形を取る。結局は、ただの幻影ではないのか、私の壊れかけたマインドが生み出したものにすぎないのではないのか、そんな不安がよぎる。だから、残りの三通を読む前に〈シャドウ〉を捕まえて殺し、自分が正常であることを（あるいは正常ではないことを）はっきりさせたいと思った。これ以上、私たちを、あなたを、危険にさらすわけにはいかない。だけど、今の私は肺の中の息をすっかり使い果たした歌う鳥——呼吸しなきゃならない。

夢は見るわ。

私たちは、飢えと同じように、眠りも必要としない。でも、私はとことんくたびれるのが好きだし——変わり者だとでも何とでも呼んで——過去で仕事をしている時には人間らしさを装うのが便利な場合が多い。だから、私は仕事で自分を疲れさせて眠る。すると、夢がやってくる。

私はあなたの夢を見る。私の頭の中——フィジカルな、個人的な、やわらかくてつぶれやすい脳の中には、ほかの世界や時間のどれよりも多く、あなたが保管されている。私は、あなたの歯の間の種子になった私自身の夢を見る。あなたのリードを突っ込まれた樹になった私自身の夢を見る。

茨《いばら》と庭の夢を見る。お茶の夢を見る。
仕事が待っている。このままここにいたら、彼らに見つかってしまう。〈シャドウ〉を寝かしつけたあとで、私たちが安全になったあとで、できるだけ早く残りの手紙を読むわ。

Yours ―――――――――――――――――――――― レッド

レッドは〈シャドウ〉を捕まえに出かける。

罠をしかける。時間の中で急転回して、歴史の袋小路を次々と作っていく。いくつものストランドをもつれ合わせる。ターゲットは——裏返せば、そのターゲットがレッドなのだが——そこここに、音を、かすかな気配を残しつつ、罠の数々を自在にすり抜ける。茨《いばら》に絡《から》まった糸くずのように華々しい痕跡など何ひとつ残されていない。

遠い未来に残存する氷山の中心部をくり抜いて設置されたサーバーファームでくるりと向き直ったレッドは、自分がやってきたトレイル上にいる〈シャドウ〉の姿をとらえ、フレシェット弾を装塡した拳銃を発射する。無数のサーバーが置かれたラックの間に青いスパークが飛ぶ。

アショカ王の宮廷で、軽業師レッドは梯子《はしご》を登り、バック転し、旋回し、別の梯子に跳び移りながら、千人の観衆の中にいるひとりの捕食者を、その場にいるべきでない観察者を探す。〈シャドウ〉の匂いを嗅ぎつけ、〈シャドウ〉がそっと消え去る匂いを嗅ぎつける。

倒壊するエリコの城壁に突入したレッドは、大勢の人々が右往左往する石造りの街路に、この街に属するものではない足音が響くのを聞き取る。振り返ったレッドは弓を引き、矢を放つ。矢は石の間に突き立ってぶるぶると震える。

グラヴサイクルを操り、水晶の森を突進する。周囲に渦巻いているのは、きらきらと輝く人間たちのパルス――彼らの身体はベーコンの脂のように融け、マインドの匂いだけが全空間を満たしている。彼女が探しているのが何であろうと、彼女を探しているのが何であろうと、ここで、それが彼女を捕まえることはない。同時に、彼女がそれを捕まえることもない。

ある川床に〈シャドウ〉が現われる可能性があるのを察知して、レッドはそこで待ち受ける。なぜ〈シャドウ〉がここにやってくると思ったのか、その理由はわからなかったが、レッドは〈シャドウ〉の習性を――彼女のもとに来る時、彼女に近づかずにいる時を――感知するようになっている。空中に多数のナノボットを放ち、草の中にくまなくサーバントを配置する。スパイ・ドローンと偵察カメラを飛ばす。人工衛星のひとつに、自分のためのタスクを遂行するようにさせる。そして、注意深く、静かに、川を監視しつづける。七カ月間。一度だけ、彼女はまばたきする。まばたきして再び目を開いた時、彼女は、〝その瞬間〟が去ってしまったことを知る。その瞬間に〈シャドウ〉はそこにいて、そして去ってしまったのだ。わかったことは何もない。罠はひとつとして弾《はじ》けることなく、ナノボットはすべて〈シャドウ〉の存在を記録するのに失敗した。カメラはひとつまたひとつと機能を失い、壊れた衛星が沈黙したまま軌道を周回しつづける。

目の奥に保管してある残りの三通の手紙を読みたくてたまらない。息ができない。大きな手が胸をわしづかみにし、締め上げる。自分の皮膚の内にとらえられてしまった感覚、頭蓋の下に閉じ込められてしまった感覚。夢は助けになる。記憶も。だが、夢と記憶だけでは充分ではない。笑い声を思い浮かべたい。待たなければならない。でももう待っていられない。はるかなはるかな過去。レッドは、恐竜が闊歩《かっぽ》する沼地の柳に似た巨大植物の根もとに座り、歯の間にスマックの種子をひと粒はさむ。そして噛む。

レッドは何時間もじっと座っている。夜の帳《とばり》が降りる。風が羊歯《しだ》の葉をそよがせる。アパトサウルスが一頭、羽毛を翻《ひるがえ》しながら重々しくかたわらを通り過ぎていく。

レッドは感覚を解き放つ。物理的な反応から感情を隔てていた器官をシャットダウンすると、これまで押さえつけてきたものが一挙に溢れ返る。心臓が烈しく震える。何度も何度も大きく息を吐く。私はひとりきりだ。こんなにも孤独だ。

肩に手が置かれる。

レッドは〈シャドウ〉の手首をつかむ。

〈シャドウ〉がレッドに跳びかかる。レッドも〈シャドウ〉をつかむ。二人は取っ組み合ったまま下生えの中を転がって、巨大なキノコの根もとに激突する。小さなトカゲが何匹もあわてて走り出してくる。〈シャドウ〉が起き上がろうとするが、レッドはその脚に自分の両脚をかけて引き倒す。関節固めをかけようとすると、逆にレッド自身の関節がロックされる。身を振りほどいてパンチを繰り出す。三回、四回。どれもやすやすとブロックされてしまう。体内の移植器官が焼けつく。背中が割れて翼が現われ、排熱を逃がす。烈しい殴打が〈シャドウ〉の肋骨にヒットする。だが、骨は一本も折れない。〈シャドウ〉はレッドの背後にまわり、肩に触れる。触れられた側の腕の力が失せる。レッドは全体重をかけてのけぞり、〈シャドウ〉の腕をつかんで倒れる。二人はもつれ合って泥の中を滑っていく。レッドの指が鉤爪になる。〈シャドウ〉の喉を見つけようとする。見つける。がっちりととらえる。

その瞬間、〈シャドウ〉はするりとレッドのグリップから逃れ、消え去る。レッドはひとり残される。烈しく息をつき、怒りに包まれて、泥の中に転がったまま。

恐竜の夜を見つめている星々に向けて、レッドは罵倒の言葉を浴びせる。

これ以上待つのは耐えられない。

体を起こし、よろよろと川まで行って両手を洗う。左目に親指を突っ込んで眼球をぽんと飛び出させ、眼窩《がんか》を探って保管しておいた三粒のスマックの種子を取り出す（さっき食べたひと粒はフェイクだった）。

安全などくそくらえ。〈シャドウ〉などくそくらえ。

今こそ、レッドは〝飢え〟の何たるかを知る。

星々の天蓋のもと、レッドは最初のひと粒を食べる。

喉が詰まる。全身を丸くする。息ができない。心臓の周囲がボロボロになっていくような感覚が起こる。

移植器官の機能を止めていたことを思い出す。この痛みは、いまだかつて知らなかったものだ。機能をもう一度オンにする前に、二粒目を食べる。

レッドのうめき声に応えて、沼地のあちこちで巨大な獣たちが咆哮する。彼女はもう人間ではない。ヒキガエルだ。狩人の手の内にあるウサギだ。魚だ。瞬時、彼女はブルーになる。レッドとともに、ひとりきりでいるブルー。レッドと一体化したブルー。

レッドは三通目の種子を食べる。

静寂が沼地を包む。

スマックの味が舌を刺し、全身を満たしていく。レッドはすすり泣き、自分の涙に声を上げて笑い、そのまま体が倒れていくにまかせる。彼らが私を見つけるかもしれない。殺すかもしれない。ここで。そんなことはどうでもいい。

恐竜たちに囲まれて、レッドは眠りに落ちる。

泥だらけで疲れ果ててボロボロになった〈シーカー〉が、眠っているレッドを見つけ、手袋をしていない手でそっと彼女の涙に触れる。その味を味わってから、〈シーカー〉は去る。

ディア・ストロベリー

夏が、クローバーに留まったミツバチのように、すっかり落ち着いた――黄金色《こがね》に輝いて、忙しく立ち働き、そして去っていく夏。やらなければならないことが山のようにある。潜入生活を続ける中で、この時期が一番好き。一日の終わりに、自分がすっかり搾りつくされてしまったと感じるのが嬉しくてたまらない。私の骨の髄にはもう、体を回復させてくれる池も、疲労を癒やしてくれる樹液も、静かな緑のつぶやきもない――汗と塩と背中に当たる陽光だけしかない。誰もが、自分の身体を知るとともに、自分の身体を慈《いつく》しむようになる。身体の美しいダンスを愛するようになる。私たちはベリーを摘む。川で魚を獲る。鴨や雁を狩る。菜園の手入れをする。お祭りを開き、焚き火を燃やし、哲学を議論し、必要な場面ではささやかな喧嘩もする。人々は死ぬ。人々は生きる。この夏、私は数えきれないほど笑った。生きることに何の心配もない季節。サマータイム。

〝あの手紙は、飢えのまっただ中にいる時に届いた〟とあなたは書いていた。これが私にとって何を意味するか……私が飢えを教えてしまったのかもしれない――何とかして、あなたにもこの飢えを共有してもらいたい、あなたに飢えを感染させたい、と。これがあなたにとって重荷にならないことを願っているけれど、でも同時に、私は、あなたに、飢えに焼き焦がされてほしいと思っている。私が私の飢えを満たしたいと切望しているのと同じくらい強く、私はあなたの飢えを徹底的に鋭利なものにしたい。ひと粒の手紙を読むたびに。
次の手紙で、私自身に関する、あることを書くわ。本当のこと――でなければ、まったくどうでもいいこと。

Yours

ブルー

PS：ミッチソンを読んでくれて、本当に嬉しい。コンスタンティノープルのところは確かに難しいけれど、でも、あの本が、ストーリーが語られていく時間の様々なフェーズを動いていると考えると、理解しやすくなるかもしれないわね。神話と伝説が歴史に移行して、そして歴史が再び神話に移行していく。物語の始まりで舞台の両側に分かれたカーテンが、最後に再び中央で出会って閉じるように。ハラ（『トラベル・ライト』の主人公の少女）は、本の時間の外側にあるミッチソンの北欧神話から出発して、物語が終わる時には、彼女がともに旅をする神話の中に完全に同化している――神話世界を生きている、たぶん。優れた物語はみな、外側から内側へと旅をしている。

…………

ディア・ラズベリー

この世界にどれだけたくさんの赤いものがあるか、これまで気づいていなかったというわけではないの。ただ、私にとって、赤いものが、緑や白や金よりもこんなにも近しいものであることはなかった。今はまるで、全世界が、花びらで、羽毛で、小石で、血で、私に歌いかけてくれているみたい。もちろん、以前はそうではなかったということではないけれど——《ガーデン》は音楽を愛している、音にできないほど深く——でも、今、その歌は私ひとりのためだけにある。

ひとり——ひとりきり——孤独。この言葉を知った時のことを、文字どおり私の体と心のすべてで知った時のことを、あなたに話したい。私がタンブルウィードである理由、タンポポの綿毛である理由、転がる石——ある場所に根を下ろすまで、ある場所に落ち着くまで転がっていって、その後再び、蹴り上げられる石——である理由。

あなたも知っていると思うけれど、私たちはこんなふうに育てられていく——過去のどこかに種を蒔かれて、別の土壌に移し替えられるまで、時間の中に伸び広がる根で《ガーデン》とつながって育てられていく。種が蒔かれるところは、その場の環境と完全に一体化しているから、前に言ったように、直接アプローチすることは考えられない。《ガーデン》は種を蒔きにいく。遠い遠いところに、私たちの種を蒔き散らす。私たちは時間のブレイドの奥深くにもぐり込んで、その一部になる。そこには、通り抜けなければならない棘《とげ》だらけの生け垣はない。私たち自身が生け垣そのもの、やがて花開く薔薇の花びらのための棘を備えた蕾《つぼみ》なのだから。この時点で私たちにアクセスする方法はたったひとつ。スレッドのはるかな先端にある《ガーデン》に侵入して、私たちを《ガーデン》に結びつけている臍《へそ》の緒《お》である主根を見つけ出して、そこから過去に向けて、川を遡る鮭みたいに遡っていかなければならない。こんなことは、私たちの側の工作員でさえ、まず不可能なこと。それが、あなたたちの側の誰かにできたとしたら……私たちはとっくに消えてしまっているはず。《ガーデン》に対して、いま言ったようなアクセスをしたら、あなたたちは私たちの〈シフト〉をそっくり、完全に壊滅させてしまうことができたはず。

〈これから話すのは、本来なら絶対に教えてはならないことなんだけど……。私、ずっとこんなふうに考えつづけてきた。もしかしたら、これは、とんでもなく長い時間をかけた作戦なのかもしれない、もしかしたら、これこそが、あなたがずっと狙ってきた情報なのかもしれない、もしかしたら……もしかしたら。でも、結局、こう結論づけた。だとして、それがどうだっていうの？　現実問題として、帰還不能ポイントは今から何千年も離れた過去にあるわけだし、臍の緒は小さく丸めて、お茶の香りをつけて、左の太腿の皮下に作った嚢《サック》にしまい込んであるし。まあ、髪の毛を入れた思い出のロケットとはちょっと違うけれど、身体から離脱したあなたたちみたいな人にとっては、そんなにグロテスクな話でもないわよね)

閑話休題《かんわきゅうだい》。

《ガーデン》が私の種を植えつけたストランドのことは、これまで一度も触れていなかったと思うけれど――「人生の始まりを、出生の時から始めるとすれば」というフレーズは、私たちみたいな者にとっては何ともばかばかしく聞こえるわ、そう思わない?――でも、何も特別なストランドだったわけではないの。ストランド141の白質土壌層。あのチャタートンが死んだのと同じ年(くれぐれも私のホロスコープを作ろうなんて思ったりしないでね)。まだとても幼かった頃、《ガーデン》の根から芽を出したか出さないかという五歳の時に、私は病気になった。これ自体は珍しいことではなくて、私たちはよく、意図的に病気に罹患《りかん》させられる。遠い未来の感染症に対抗できるワクチンを接種されたり、いろいろなレベルの不死性薬物を投与されたり。私たちを、そのブレイドの〝全体性〟の内に解き放つ時に、そうなっていなければならない状態に整えておくために、《ガーデン》はありとあらゆるものを私たちに取り込ませる。

でも、五歳の私がかかった病気は、それとは異なっていた。私を強くするために《ガーデン》が感染させたのではなく、何者かが《ガーデン》に接触するために私を感染させたものだった。

そんなことは不可能なはずだった。私は《ガーデン》と完全に一体化していたのだから。でも、何かが、どのようにしてか、私の内に入り込んだ——私は敵のアクションに侵害されてしまっていた。私にとっては、まるでおとぎ話としか思えない状況だったわ。ずっと眠たくて眠たくて、夢と覚醒の間をさまよいつづけて、自分の見ているものが現実なのか、それともナノマシンの群れが襲いかかってきて次々とシナプスをつなぎ替えているのか、まったく確信が持てなかった。

(結局、この状態を何とかしなければならなくなった。ものすごく不快だった。バグを焼きつくして脳から追い出すために自分の一部を感電死させるなんて——あんなことは二度と体験したくない。この時になくなった神経細胞は、たぶん、その後の基礎トレーニングの時にカバーされたんだと思う)

キスと、何か食べるものをもらったのを憶えている。とてもやさしいキスで、私にはそれが敵対的なものだとは思えなかった。本当におとぎ話のようだった。まぶしい光を憶えている。続いて——猛烈な空腹感。体の内と外が引っくり返ってしまったような、これ以上のものは考えられないほどに根源的な飢え、ほかのことをすべて忘れさせてしまうほどの飢え。何も見えなかった。ただ飢えがあるばかり。息もできなかった。私の内側で何かがぱっくりと口を開いて、求めろと言っているみたいだった。私のどこかが叫んでいるに違いない——そう思ったけれど、どこが叫んでいるのかわからなかった。全身が警報ベルを鳴り響かせていた。私は全身を《ガーデン》のほうに振り向けた。食べさせてもらうために、この飢えを止めてもらうために、私が消えてしまうのを止めてもらうために——

すると、《ガーデン》は私を切り離した。

これは標準的な操作手順なの。《ガーデン》は辛抱しなければならない。《ガーデン》は末端を、枝葉を、花を、果実を切り離すことができる。《ガーデン》はいつもそうしてきたし、そうしているし、今後とも必要な時は必ずそうする。辛抱し、改めて、もっと強いものを育てていく。《ガーデン》は、私の飢えを、手の届かないところに追いやってしまうことができなかった。

今なら、私にもそれは理解できる。でも、あの時には……それまで、私はひとりになったことが一度もなかった。あなたの場合は、みずからの選択として自分をほかの人たちから切り離して、ひとりになったけれど、でも、私の場合は——私は、ただの私の身体だけに、ただの私の感覚だけに、ただの幼い子供になってしまった。両親が駆けつけてきて、悪い夢を見たのねと言った。私は二人の顔に触った。二人は私のものだった。私は、自分が寝ているベッドに触り、寝室の外のどこかで林檎を煮ている匂いを嗅いだ。まるで、私だけの小さな形で、《ガーデン》になったみたいだった。私という〝全体〟の内にいる私、私の指の中にいる私、私の髪の、私の皮膚の内にいる私——《ガーデン》が〝全体〟であるのと同じような形で〝全体〟である私。《ガーデン》から切り離されたところで。

それから一週間の間、飢えは私の内でたぎりつづけた。私は大量に食べた。両親がささやき声で、卵の殻のシチューと焼いた火かき棒の話をしていた。私が〝取り替えっ子〟ではないかと思ったのだ。私は飢えを隠しておくことを学んだ。そんなふうにして一年が過ぎたところで、《ガーデン》は再び私を取り込んだ。

まるで、それまで切り離されてなどいなかったかのように、《ガーデン》はシステムに私を接《つ》ぎ木し、体じゅうをくまなく調べ、精査し、ソートした。様々な薬を飲ませて感染防御措置を施し、内側も外側も徹底的に洗浄した。何も見つからなかった。私の発育が異常に促進されたようだという結論が出されたけれど、それだけだった。そして、それから数年間、詳細な検査と観察が続けられたのち、私が侵害されたという懸念はほぼ〝棚上げ〟にしておいていいだろうということになった。ブレイドには、私のストランドから腐敗が始まっていることを示す徴候はいっさい見られなかった。もうひとつ、重要だったのは、敵が《ガーデン》側の防御機構を突破する試みは失敗に終わったと広報することだった（実際には成功していたわけだけれど、彼らは二度とトライしようとはしなかった。《ガーデン》の打った手は間違いなく関係者一同を納得させた）。こうして、《ガーデン》は私を工作員として配備した。私を重用し、賞賛し、昇進させていった。でも、そこにはいつも、一定の距離を置いているという感覚があった。

私の偏《かたよ》った性向は大目に見られている。都会が好きなこと、詩が好きなこと、根なし草であるのを好んでいること。いくつかの点で《ガーデン》よりも、あるいは《ガーデン化されている》よりも、《ガーデナー》であるのを好んでいること。《ガーデン》が溢れ返る存在でありたいという欲望は、決して満たされることがないようにしか思えない。

でも、レッド、あなたは――

……………

私の林檎の樹、私の輝き

あなたは、私が言うのをやめたことについて書いていることがある。私は、あなたのためにお茶を淹《い》れて飲んでもらいたいと言いたかったけれど、言わなかった。そうしたら、あなたは、一緒にお茶を淹れようと書いてきた。あなたの手紙は私の内で、文字どおりの意味で生きていると言いたかったけれど、言わなかった。そうしたら、あなたは〝構造物と出来事〟について書いてきた。私はこう言いたかった――言葉は傷つけるけれど、メタファーが橋のような役割を果たしてくれる。言葉は橋を作るための石のようなもので、地面から切り出されるのは苦しいことだとしても、新しいものを作り出す。共有できるものを、ひとつの〈シフト〉以上のものを作り出す。

でも、言わなかった。そうしたら、あなたは傷と橋について書いてきた。

今、私は言いたい。あなたに先を越される前に、こう言いたい――レッド、あなたの口の中にあるこの手紙のことを考えている時、私は自分でその種子をそこに置いたような気がしている。私の指をあなたの唇に置いたような気がしている。

これがどういうことなのかよくわからない。とても不思議な形で、またも切り離されつつあるような感覚――私の存在を消し去ってしまうであろう何かの際《きわ》でシーソーをしているような感覚。

でも、私はあなたを信頼している。

私のこの年月を受け取って、この種子を取り込んで、その種子が何か私に似たものを育てていくようにさせてくれる？　あなたの長い手紙を読めないのが寂しい。

Love

ブルー

どんなに長期にわたる任務にも終わりが来る。

それはこんなふうに起こる：地面に腹這いになり、肘と前腕に小枝と草の茎の影が落ちる中、両方の踵《かかと》を宙に上げて、草を編んでいるブルー。

ゲーム盤は球体、ブルーと草をすっぽりと囲むブレイドと絡《から》み合った樹々の森。《ガーデン》は繰り返し繰り返し強調する——敵の〈シフト〉は時間をいじることばかり考えている。時間をかいくぐり、時間の表面を石のようにかすめ跳び、汚れた爪先をちょっとだけ水につけ、表面にさざなみを立てることで、時間の流れを分岐させようとしている。おまえは時間の内に住まなければならない——と《ガーデン》は言う——、持続する形で時間を変化させていかなければならない。長い長いゲームをプレーして、勝たなければならない。

ブルーのフォーカスは周囲のすべてのものに向けられている。全身で緑を浴び、地中と空中と水中の根のネットワークを追いながら、自身のブレイドを作り上げていく。

やがて、その手が止まる。手が震えている。

肩ごしに伸ばされるあなたの手を想像する。獲物の喉にかけた私の手の位置を変え、自分の望む方向にストランドを編んでいくように誘導するあなたの手を。

これまで自分の手に注目したことは一度もない――ストランドとしての自分自身の手。

それがすべてを変化させる。草は完璧に編み上げられる。ブルーが走り出すとともに、世界が大きく揺らぎ、多次元の千年紀が融け合って完璧な碁の盤面になる。ありえざる最後の解放の時――あとはただ、《ガーデン》が立ち上がり、勝利を宣言し、着生した宿主の樹を絞め殺していくガジュマルのように《エージェンシー》を窒息させるのを待つばかりだ。

体の奥底から深い深い充足感が湧き上がり、ブルーは《ガーデン》と一体化していく。《ガーデン》が春の川のように歓《よろこ》んでいるのを感じる。《ガーデン》は一世紀に及ぶ孤児たちの思いを充分に満たすだけの愛と賛意を彼女に浴びせかける。

〝ほとんど〟充分に。それは最初に切り離された時以来、《ガーデン》がブルーに与えてきたいかなるものとも違う感覚だった。しかし、そのクールで慈愛溢れる色彩の渦巻く中で、ブルーは、そこに埋没することのない一脈の小さな〝自己〟を保持していた。喉に置いた手の上に置かれた手を見つめながら、ブルーは思う。レッドに見てもらうのが待ちきれない。

ディア・ブルー

あなたが勝利するところを見られればどんなにいいことか。あなたのミッションがどういうものか、潜入工作の本質が何なのかを知って、これまでずっとあなたの足音のビートを私の心拍音に重ねてきた私は今、変化を、私たちに決定的な打撃をもたらすことになる〝変化〟を感じ取っている。季節が変わる。あなたは自由になる――回復期から、回復期のタスクから解放される。私は間違いなく、絶対に、あなたの引き起こしたダメージを修復するために派遣される。私たちはまた走りはじめる。私たち二人、スレッドを昇り降りする火を放つ者と火を消す者、お互いの言葉によってしか満たされない二人の捕食者。

あなたは海の泡になって笑う？　氷になって、笑みを浮かべながら、天使のように高いところから自分の勝利の結果を観察する？　サファイアの炎に包まれて火の中から蘇ったフェニックスのように、いま一度〝わが為《な》したる業《わざ》を見よ、そして絶望せよ！〟と私に命じる？

私、自分から目をそらしている。戦術と方法について話している。私がどうやって知ったかをどうやって知ったか、そんなことをしゃべっている。あなたにかかわるとてつもなく大きな事実にアプローチするのに、ものすごく遠まわりして、メタファーばかり使っている。

この手紙は落下する星に載せて送るわ。大気圏への再突入がうまくいくかどうかはまだテスト段階なのだけれど、でも完全に融けてしまうことはない。私は今、天空を突っ切る炎の中で書いている。フェニックスとして上昇してくるあなたに向けてまっすぐに落ちていっている。

あなたの褒め言葉には、全身が切り刻まれるような気分。確かに、私、いくつかのことに関してはいくらでも気楽にしゃべるけど——あなたには地雷が埋まっているように見える地面をものすごい勢いで掘り抜いていくけれど、それは、私にとってはただの地面だからというだけのことでしかない。だけど、あなたのあの手紙は……私、物をなくしてしまうのがとっても得意なの。目の前にあるものを見ないようにしておくのがとっても得意なの。私は崖っぷちに立っていて、そして——もうっ！　いいかげんにしなさい、レッド！

私はあなたを愛している、ブルー。

ずっとそうだった？　ずっとじゃなかった？

いつ、そんなことが起こったの？　ずっと起こっていたの？　愛は、あなたの勝利と同じように、時間を貫いて過去にまで広がっている。私たちが一番最初に接触した時を、私たちの戦いと敗北を、くっきりと指し示している。暗殺だったはずのものが逢引《あいびき》になっている。私があなたを知らなかった時があったのは確か。それとも、私は、そんな私を夢に見ただけ？　あれほどしょっちゅう、あなたの夢を見てきたのと同じように。私たちはずっと、お互いを追う中で、お互いを充足させ合ってきたの？　あなたを追ってサマルカンドじゅうを駆けまわったことを思い出す。あなたの解《ほど》けかかった髪の房に触ったかもしれないと思うと、全身が震えてくる。

私はあなたのための身体になりたい。

あなたを追いかけて、あなたを見つけ出したい。私の手をすり抜けたあなたにからかわれ、賞賛されたい。打ち負かされ、勝ち誇りたい――あなたに切り刻まれて砥《と》ぎ上げられたい。あなたの横でお茶を飲みたい。十年後でも千年後でもいい。遠い遠い惑星――いずれケパロスと呼ばれることになる星――があって、そこは花に埋めつくされていて、その花は一世紀に一度、活発な活動期にある主星と、連星をなすブラックホールが合《ごう》に入る時に、いっせいに開花する。私は、八十万光年の宇宙を渡って、ケパロスに行って、その花を集めて、あなたに花束を作ってあげたい。そうすれば、あなたは、私たちのかかわりのすべてを、私たちが一緒に形作ってきた歳月のすべてを、ひと息で引き寄せることができる。

私、狂騒曲みたいに狂走してる。美文調気取りもいいところ。でも、あなたは笑わないと思う。笑ったとしても、その笑いは私を歓びでいっぱいにしてくれる。そう、私はたぶん、あなたが手紙を締めくくるのに使った単純な言葉、Ｌｏｖｅを勝手に深読みしたんだと思う（でも、あなたを勝手に深読みするなんてことは絶対にできないし、あなたが選ぶ言葉は絶対に単純なものじゃない）。たぶん、私はあなたとの間の境界を踏み越えようとしている。それに、正直言って、愛は私を困惑させる。これまで、こんなふうに感じたことは一度もない。セックスは楽しんできたし、いろんな人と友情を培《つちか》ってもきた。でも、どちらも今のこの気持ちとは違う。この気持ちは、そのどちらよりも大きい。だから私が何を言いたいか説明させて——私にできるかぎりの言葉で説明させて。

私は若い時に〝孤独〟を探し求めた。あなたは、あそこにいた私を見ていた。何も気づかぬままに辛抱強くあの山の天辺にいた私を。

でも、今、あなたのことを考える時、私は〝二人でともに孤独でありたい〟という思いでいっぱいになっている。全力をあげて戦い、全力をあげてともに働きたい。私はお互いにコンタクトする中で生きたい。私は、あなたのためのコンテクストになりたい。そして、あなたにも、私のためのコンテクストになってほしい。

あなたを愛している、あなたを愛している、そして、これが何を意味しているかを、二人で見つけ出したい。

Love

レッド

〈司令官《コマンダント》〉が現場司令部にレッドを召喚する。

いつもどおり、いたるところが血の海だ。だが、今回は、血はほとんど凍っていて、臭いもいつもほどではない。

《エージェンシー》が現場司令部として選んだのは、メイン・ブレイドに近いソ連軍の最前線——ナチスが何らかの策略を弄《ろう》しているらしく、兵士たちが次々に感染症に侵されて死んでいっている。超自然的な出来事ではないとはいえ、この感染症には、二十世紀の科学者には見当もつかない奇妙な特性がある。グロテスクな死骸の群れは、鼻をつく強烈な黴《かび》のような臭いを発しており——ある程度の距離まで近づくと、それはレッドにもはっきりと感じ取れる——、《エージェンシー》にとって、それは、未来からの介入を、大々的な敵対行為が進行中であることを示す証左以外の何ものでもない。司令部に向けて歩いていくレッドの頭上の空はほぼ白一色だが、雪はすでにやんでいて、遠く高いところには、くっきりとした青い色もうかがえる。

ソ連軍の兵士たちは怯《おび》え、凍え、飢えている。みな、ここで死ぬことになる。彼らは、ジューコフ

（第二次大戦で、レニングラードを救援し、ベルリンを占領したソビエトの将軍）が別の前線基地を強化するまでの間、この持ち場を護り通せばいいだけなのだ。勇敢な若者たち。大半が男性だが、女性兵士もそれなりにいる。最期までのわずかな時間、全員が同じスピリットを共有している――歌、故郷《ふるさと》のジョーク、そのほか何であれ、水筒に入れて携行しているもののすべてを。勇敢さが彼らを救うことはない。上官たちの顔に浮かぶ、絞首台のように厳粛で重厚な面持ちも、彼らが生き延びるのに何の役にも立ちはしない。

何人もの工作員がやってきては、報告書や武器の箱、同志たちの白く干からびた死体を運んでいく。彼らにはいずれトロフィーや賞賛の言葉が与えられる。誰もが怖がっているように見える。この状況では当然のことだろう。

現場司令部が置かれたのも無理からぬところだ。

通常、〈司令官《コマンダント》〉は、輝きわたる水晶の城塞といった、どことも知れぬ場から過去を操作する。レッドはこれまで何度か、見慣れぬ恒星をめぐる軌道上のむき出しのプラットフォームに呼び出されて報告をしたことがある。そんな時、〈司令官《コマンダント》〉は、人間の上官の姿になることさえ忘れ、レッドの報告を聞いているのは星々だけということになる。

配下の工作員の全員がそうであるように、〈司令官《コマンダント》〉もかつてポッドの外に出されたことがあるのは間違いない。だが、彼女は遠い昔に再びみずからのポッドに引きこもり、今、時空間を行き来しているのは身体から離脱したマインドだけだ。〈司令官《コマンダント》〉のマインドは、《エージェンシー》の巨大ハイパースペースマシンにつながっていて、マシンじゅうに張りめぐらされたネットワークの一部になっている。必要がある時だけ、何らかの形態をまとうが、その際には手近にあるどんな形態でもいとわず、そうでなければ、いかなる形態も取らない。たいていの場合、〈司令官《コマンダント》〉は抽象的な思考をめぐらせ、時間の中の投射軌道を計算している。彼女にとって、配下の大勢の工作員は多次元ベクトルであって、単なる結節点でしかない。充分な高所から見れば、どんな問題もシンプルなものとなる。どんな結節点も、二、三の死ないし一万人の死で解《ほど》くことができる。

こうした隔絶した場所からの指揮は、戦局が順調に推移している時にはそれなりの意味がある。前線から遠く離れたところでなされる意思決定は、反乱行為にも潜入工作にも妨げられることがない。累々《るいるい》たる死体の横を通り過ぎながら、レッドは外套をきつく体に巻きつける。体を保護するためではなく——これほどの凍えるような気候でも、寒さを感じることはほとんどない——、自分の内にある小さな青い炎を護るために。

現状の甚大な人員損耗は早急な対応を要求した。意思決定は、距離という贅沢さを失った。〈司令官《コマンダント》〉はもちろん実際には未来にとどまっているのだが、時々刻々なされる作戦行動やダメージの封じ込めや偵察活動に対応するためにローカル・コピーを作り、そのコピーがブレイドを過去へと遡って、《ガーデン》が紡ぎ出したブレイドの、《ガーデン》が変化させたストランドの、《ガーデン》が生み出した結節点のチャートを作っている。

しかし、現場司令部は攻撃を受けやすい。だから、時間の泡の中に設置され、因果の流れに巻き込まれることがないよう強化されている。

レッドは、感染症に冒され倒れた同志を必死で押さえている三人の男の横を通り過ぎ、寒さで感覚のなくなった傷口を凍える指で縫い合わせようとしている医師の横を通り過ぎる。ここで何が起ころうと、すべては過ぎ去っていき、今ここにいる人たちのすべてが死んでしまうことはわかっている。

この状況にふさわしく。

レッドは頭を下げて司令部のテントのフラップをくぐる。

〈司令官《コマンダント》〉が目の前に立っている。軍服を着た大女の姿で、エプロンをつけ、片手に血まみれのペンチを持っている。その握り方は、物を握るのに慣れていないかのようだ。周囲には、この時代の洗練されていない技術による報告書——紙、謄写版《とうしゃばん》刷り、地図——を持った副官たちがひしめいている。そして、木の椅子に縛りつけられ、意識を失っている男がひとり。裸で、口から血が流れている。テントの中は外よりはあたたかいが、充分にあたたかいとは言えない。男の半ば開かれた目は深いラピスラズリの色だ。

レッドは敬礼する。

「席を外《はず》せ」と〈司令官《コマンダント》〉が言い、副官たちは外に出ていく。椅子の男だけが残る。まったく音を立てない。たぶん、気づいてもいないのだろう。あるいは、誰にも気づかれないのを望んでいるのだろう。

〈司令官《コマンダント》〉とレッドは実質的に二人だけになる。レッドは待機する。〈司令官《コマンダント》〉が行きつ戻りつする。両手が血まみれだが、それに気づいていないか、あるいはまったく気にしていないように見える。顔にかすかな懸念の皺が刻まれている。その皺は、今、体を借りている女性のものながら、いかにも〈司令官《コマンダント》〉に似つかわしい。戦局は厳しくなる一方。レッドは、〈司令官《コマンダント》〉が握っているペンチが自分の口の中にあったら、どんな感じだろうと想像する。臼歯《きゅうし》や犬歯《けんし》がぎりぎりと締め上げられていくのは、どんな感じだろう。そして、こう判定する——そういうことになるのなら、それで結構。私の内側の炎にまで危険が及ぶことはない。

「我々は厄介な状況にある」〈司令官《コマンダント》〉が言う。「敵側の長期にわたる入念な工作が過去と未来のいたるところにトラップをかけている。すべてが、たったひとりの工作員によってなされた——彼女がカスケードの引き金を引いたのだ。ここまでの防御態勢に追いやられていなかったとしたら、素晴らしい仕事だと呼びたいところだが。ただ、我々にとってありがたいことに、この新しいブレイドは弱い。解くことができるし、解くつもりだ」〈司令官《コマンダント》〉はちらりとレッドに目をやり、驚いた様子を見せる。「休め——休めと言ってなかったか？」

レッドは休めの姿勢を取る。こんな些細な点もはっきりと憶えていない〈司令官《コマンダント》〉に、レッドは不安になる。だが、私がそんなことを心配したりすべきなのか？　私はすでに裏切り者なのだろうか？

「我々は、数学と、いささか粗雑な手法を使ってソリューションを組み立てた」〈司令官《コマンダント》〉はペンチをテーブルに置き、一枚の紙を取り上げてレッドのほうに差し出す。「この女に見憶えがあるか？」

そのまま休めの姿勢を取りつづけるのは容易ではない。紙を受け取ったレッドは、そこに描かれている木炭のスケッチに目を向け、戦場でほんの一瞬見ただけでそのまま忘れてしまった顔を記憶を探って思い出そうとしているような、そんな風情《ふぜい》で眺める。自分の夢の中にあるその顔のことをつくづくと考えているうちに、ふと、こんな思いが浮かぶ。これは、私がこの特定の人物を意識的に観察しようとするようになるより、あるいは記憶にとどめようとするようになるより、ずっと以前のスケッチだ。

椅子の男が懇願するような声を上げる。

レッドは男を咎《とが》めはしない。〈司令官《コマンダント》〉は何を知っているのだろう？　これは罠なのか？　本当のことがわかっているのなら、私を殺すのが当然ではないのか？　それとも、それ以上の深謀をめぐらせているのか？

「見た憶えがあります」ようやくレッドは言う。「フィールドで。アブロガスト－882でのバトルの際に。この人物はほかにもいくつかの顔を持っています」だが、彼女の目には常に同じような静謐《せいひつ》さがあり、口もとは常に軽くひねられて、冷徹なクレバーさをうかがわせている。どんな時でも彼女は輝いている。レッドは、この最後の部分だけは口にしない。

「アブロガスト－882は、〈観察者《オブザーバー》〉がこの似顔絵を描いた場所だ」

突然、テントの中が戸外より寒くなったような気がする。〈オブザーバー〉。いったい、いつから？

彼らはこれまでに何を見たのか？　レッドは〈シャドウ〉とのバトルを思い起こす。「この工作員が今回のカスケードの引き金を引いたということですね」

「カスケードを引き起こし、現状を確定させた。実に能力の高い危険な工作員だ。彼女独自の形ではあるが、おまえと同じくらい危険な存在だと言っていい」

チャンス。「この女性を私のターゲットリストのトップに挙げます」そして、今度は私たちの側が彼女を徹底的に狩り立てることになる。

「裏を見ろ」〈司令官《コマンダント》〉が言う。

レッドが受け取った時、裏は白紙だった。今、そこには、色がもつれ合っている。立体視の修練は十二分に積んでいる。視覚をぼやけさせ、視線をわずかに交差させるようにすると、ごちゃごちゃにもつれ合った色彩の渦巻きから位相図が浮かび上がる。ブレイドの中心部を走る緑の筋——これは青であるべきだとレッドは思う——は、あちらで、またこちらで急角度に折れ曲がり、別の灰色の筋——赤であるべき筋——と交差している。どれくらい無知であるふりをしつづけられるか、それでどのくらい〈司令官《コマンダント》〉を納得させられるか。「どういうことなのかわかりませんが」

「我々に追跡できるかぎりでは、過去と未来を行き来する彼女の経路が、この新しいブレイドの核心を構築している。しかし、中心から外れたこれらの偏向部分は——そう、この灰色のラインは、おまえ自身のコースを表わしている」

「私たちはアブロガスト－882で対面しました」レッドは言う。「それと、確か、サマルカンドでも」ほかに〈司令官《コマンダント》〉はどの場所を知っているのだろう？　〈司令官《コマンダント》〉は、抽象と張力と重みを介して、命題と反命題を介して、物事を見る。「北京でも」レッドを繰り返しブルーの近くに連れていっている、この位相図を、どうすればうまく説明できるだろう？　レッドは考え、何も考えていないように見えるよう努める。

「おまえは誤解している」〈司令官《コマンダント》〉が応じる。「おまえの経路が彼女の経路と交差しているのは、彼女のほうが意図的に交差するために自分の進路を外れているからだと我々は考えている。しばしば、ほとんどそれと気づかれぬように。過去にせよ未来にせよ、なされた改変はきわめて小さく、ほぼ探知不能だ」

「どういうことでしょう？」レッドは、〈司令官《コマンダント》〉が何を言っているかはわかっている。同時に、自分がどういう役割を果たさなければならないかもわかっている。

「この工作員は、おまえを手なずけようとしてきたのだ。彼女の振る舞いは、思わせぶりなジェスチュアを好んでいることを示している。おまえはもてあそばれている。精妙に――おそらくは、おまえの側ではそれと気づかないほどに精妙に。彼女の司令官たちは我々の司令系統に弱い部分を作り出そうとしている」

それが真相だということもありうる。実際にはそうではないが、そうなることはありうる。いずれにせよ、現時点でそうでないことはわかっている。厳然とわかっている。「私は忠実です」これは、原則として、忠実な人間の言うことではない。だが、〈司令官《コマンダント》〉は自分の思考に没頭していて、そのことに気づかない。

「我々は、彼女がおまえを寝返らせようとしていると考える。彼女は不満の種を蒔いている。おまえが気づきもしないほどかすかな不満の感覚を植えつけている。彼女はおまえを殺そうとはしていない。我々はおまえをスキャンし、おまえがクリーンであることを確認した」

スキャンした？　いつ？　誰が？　彼らはほかに何を見出したのか？

「彼女は、おまえが交渉を始めるのを待っている。おまえのほうから何らかの質問をし、コンタクトを開始するのを——ごくさりげない、我々の観察の目をもっともらしくすり抜けられる、そんなメッセージを送ってよこすのを待っている。そのメッセージが、我々にとってのゲートとなる。我々はそのゲートから攻撃する」

戸外で、何らかの理由で、一門の大砲が砲弾を発射する。耳がガンガンと鳴る。椅子の男がうめく。〈司令官《コマンダント》〉は眉根ひとつ動かさない。レッドには、自分がどう対応すると期待されているのかわからない。この女性の前で愚かなふりをすべきでないことは確かだが、彼女を納得させられるだけの説明を考え出すには時間が必要だ。「私はどう対応すべきだとお考えですか？」

「おまえは、ステガノグラフィ（重要なデータを別のデータに埋め込んで隠す技術）に通じているか？」〈司令官《コマンダント》〉が問う。

これは、レッドが答えることを期待されていない質問のひとつだ。

「我々の最高の技術を持つマインドたちが、遺伝子ステガノグラフィを使ったメッセージの作成を補助する。我々は彼女の存在を終わらせる、この脅威を終わらせる――楔《くさび》がなくなれば、敵対者たちの最新の仕事は容易に瓦解する。おまえは、この作戦行動において決定的な役割を果たすことになる、エージェント」〈司令官《コマンダント》〉は、封をした手紙をデスクから取り出して、レッドに差し出す。物を持つのに慣れていない〈司令官《コマンダント》〉は、手紙をこれ以上はないほどにきつく握りしめている。レッドは手紙を受け取る。封筒には〈司令官《コマンダント》〉の手の血がべっとりとつき、グリップのあまりの強さに皺くちゃになっている。

「現在進行中の任務は中断して、この手紙で指示されているスレッドに移行せよ。新たな任務に着手せよ。この世界を救え」

「イエッサー」レッドは再度敬礼する。

〈司令官《コマンダント》〉も敬礼を返し、そののち再び重いペンチを持ち上げる。レッドがまだテントから出ないうちに、椅子の男が早くも叫びはじめる。

同志がひとり、手を挙げて、彼女と話をしたそうな素振りを見せる。レッドは足を止めることなく、課せられた新たな任務へと向かう。十のスレッドを越えたところ、別の大陸、数世紀過去へ赴《おもむ》く。そして、モシ・オ・トゥーニャ（ザンビアとジンバブエ国境に位置するヴィクトリアの滝のザンビア側の呼称。現地の人々の言葉で〝雷鳴の轟く水煙〟の意）と呼ばれる巨大な虹のかかる瀑布の落下地点に頽《くずお》れる。泣きはしない。

彼女は目を見開いて滝を見つめる。

ややあって、一匹のハチが耳もとをかすめ、水飛沫《みずしぶき》のただ中、レッドの顔の前でダンスを始める。ハチが宙空に書いていく手紙を読みながら、レッドは胸の中の炎のまわりに吐き気を感じる。私たちはこうしてやっていくことができる。そうしなければならない。

最後に彼女は片手を差し出す。ハチがその上に止まり、針で手のひらをずぶりと突き刺す。

ややあって、レッドがその場を立ち去ってから、小さな、通常では考えられないほどに大胆な蜘蛛がハチの死骸をつかみ上げる。そして、蜘蛛が死骸を食べつくすと、今度は〈シーカー〉が蜘蛛を食べる。

私自身の心臓の血へ

私は、甘い蜜を求めるハチの体に乗って、ダンスをしながら、あなたのもとに行く。この体は、自分の愛するものを護るために、みずからを引き裂く。この手紙は、読み終えられた時に、あなたを刺す。刺されるままにして、そして、その死の激痛の中で追伸を読んで。

私がダンスをするのは——これは本当にうんざりする手紙になるわ——私の中にある〝この思

い〟が、体じゅうを駆けめぐるこの熱が、私の空にはまったく似つかわしくないこの昇る太陽が、一時《いっとき》もじっとしていないから。この中には、私そのものがいることを知ってもらいたいから。私の心臓が打つこの烈しいビート、どんなに踏みにじっても決して治まることのないこの歓喜の饗宴――レッド、レッド、レッド、レッド、あなたに詩を書いてあげたい。そして、私は笑っている。わかる？　この小さなハチの体に私の歓びを伝えながら、自分のジョークと安堵感に声を上げて笑っている私。安堵感――平らな石に仰向けになって、自分の上に振りかざされたナイフを見ながら、そのナイフを操っているあなたの手と目を見ながら、たとえようもない安堵感に包まれている私。

ああ、降伏することが、飢えを完全に満たしてくれるものだなんて！　これを学ぶまでに、こんなにも長い時間がかかったなんて！

レッド、あなたを愛している。レッド、これからは何度でも、どんな時でも、あなたを愛していると言う手紙を書く。一語だけの手紙を書く。あなたの頬を撫で、あなたの髪をつかむ手紙を書く。あなたを嚙む手紙、あなたに歯型をつける手紙を書く。サシハシアリとベッコウバチで書く。サメの歯と帆立貝の貝殻で書く。ウイルスと、あなたの肺に溢れる〝第九の波〟の塩で書く。私は――

ストップ。もうやめないと。でも、これは、こんなふうにして成しとげられるものじゃない、たぶん。私は、ケパロスの花と海王星のダイヤモンドが欲しい。私たちの間にある何千もの地球を焼き払って、その灰の中から咲き出てくるものを見たい。そうすれば、私たちは手に手を取って、私たち二人だけに理解できるコンテクストに満たされて、それを発見することができる。これまで私が愛してきたすべての場所であなたに会いたい。
私たちのような二人の間で、それがどのように成しとげられるのか、私にはわからない、レッド。でも、私たち二人でそれを見つけ出すのが待ちきれない。

Love　　　　　　　　　　　　　　　　　　　ブルー

PS：この追伸を私は針で書いている、レッド。でも、これが私、これが私の真実。針を刺すことで、あなたの手のひらで死んでいく中で、真実が立ち現われる。

ブルーがいま少しプロフェッショナルなところに欠けていたなら、彼女は歌を歌いながら、オテル・ラ・リコルネのブロケードの上掛けとシルクのシーツに心地よくくるまったターゲットの喉を——これらの豪奢《ごうしゃ》な備品を台なしにしてしまうのを申しわけなく思いつつ——かき切っていたかもしれない。あの偉業をなしとげて以来、最も簡単で、しかも、いっさいが自分の大好きなストランドでの仕事。ほとんどヴァケーションの感覚。このうえなくリラックスし、このうえなくハッピーな感覚。ほかの工作員たちが、ブルーの生み出した新芽の世話に忙しく立ち働いている間《かん》に、ブルーはやわらかな肉に鮮やかな切り跡を刻み込んでいく。

彼女は歌わない。だが、両手の下でブクブクと泡立つ伯爵の真紅の血に、ふっと溜息が漏れ、舌の先にバラッドが溢れ出す。**おお、なんと眉目秀麗《びもくしゅうれい》な伯爵だったことか!**

ブルーはプランというものを立てたことがない。もう少し厳密に言うと、自分独自のプランを立てたことは一度もない。彼女の仕事は実行《エクセキュート》すること、与えられた任務を遂行することだ(そう、今回は死刑《エクセ》の執行《キュート》——手を洗いながら、ブルーは笑い出しそうになる。でも、笑わない)。六つのストランドで流通している思慮深い詩人たちの勧告――ネズミ、人間、プラン、運河、パナマについての勧告――も承知している。だが、今、彼女はプランを立てる。八角形の鏡――当然ながら、ドアの横の鏡をそのままにしておいたことは一度もないが、正直、この安っぽい犯罪小説のようなアクションも、彼女にとって心躍る楽しみに新たな層を付け加えている――の前に座り、黒い髪をゆっくりと編み、入念な形に整える。編み上げた房の上に色彩の回路図を広げ、そこから一枚のマップを立ち上げて、いくつもの表面とそれに見合う裏面のことを考え、鏡に映じた像との息を飲むような相互作用に思いをめぐらせる。そして、のんびりと手紙をやり取りする様々なシナリオを整理しながら、片手をもう一方の手に重ねる。

私は勝利した。これは馴染みのない感覚ではない。私はハッピーだ。これはめったにない感覚だ。

彼女は、アリバイとなる人物と一杯飲むために、階段を降りてサロンに向かう。笑みを浮かべ、その日、早い時間に目にしたコニャックのことを思い浮かべる。これ以上はないほどに濃い赤のコニャック、その甘い火がどんなふうに口を満たすかを想像する。

アリバイが座っているテーブルに行くと、その目の奥から《ガーデン》がブルーを見る。

ブルーは動揺を表に出すことなく、スムーズなレガートで抑え込む。動揺を抑え込んだこと自体が、《ガーデン》には一瞬の躓《つまず》きと映ったかもしれない。金メッキを施した椅子の背に指がゆっくりと置かれ、口の端が同じようにゆっくりとカールして笑みを形作る。ブルーが椅子を引き、腰をおろす間《かん》に、《ガーデン》は自分と同じ濃い赤ワインをブルーのグラスに注ぐ。

「私が割り込んだこと、気にしないでもらえるといいんだけれど」《ガーデン》は言い、いたずらっぽい緑の目を上げてブルーを見つめる。「でも、直接あなたに会って、今回の成功の祝杯を上げたかったの。言ってみればね」

ブルーはくすくすと笑い、テーブルごしに片手を伸ばして《ガーデン》の手をあたたかく握る。「お会いできて嬉しいです。言ってみれば」ブルーは手を引っ込め、自分のグラスに伸ばすと、眉を上げる。「でも、何か心配事がおありのようですね」

「まずは乾杯よ」《ガーデン》がグラスを掲げる。ブルーもそれにならう。「この成功が継続することを」グラスがチリンと触れ合う。二人はワインを飲む。ブルーは目を閉じ、唇に付着したワインの色を舐《な》め取り、舌がまだワインの色でくるまれているにもかかわらず、その色の名前を忘れ去ろうとする。そして、《ガーデン》の深いベルベットのような緑の声に聴き入る。

「あなたは危険にさらされている」《ガーデン》が言う。やわらかな、ほとんど謝っているようなトーン。「私はあなたを休ませたいの」

ブルーは目を開き、軽い驚きの色を浮かべてみせる。「それはとても嬉しいことですけど、でも、ベッドに行く前に、レディにはまず、ディナーをご馳走していただかないと」

《ガーデン》が笑う。木の葉のささめきのような笑い。《ガーデン》は身を乗り出し、ブルーはその目の奥に落ち込んでいくのを感じながら、彼らが約束する安らぎを、休息を味わう。

「愛《いと》しい子」《ガーデン》が言う。「あなたの成しとげたことは星のように輝かしいけれど、ただ、あなたにはどこか、そう、自分の能力を誇示するようなところがあるわ。相対的に言ってね。あなたの兄弟姉妹はみんな、花開いてから私の内に戻り、私に融け込むというのに、あなたは……」《ガーデン》はやわらかな親指でブルーの頬を撫で、そのあまりにやさしい感触に、ブルーの顎に沿ってかすかな震えが生まれる。「あなたは空中に根を伸ばしている。土に根を張らない、私の気中植物。新たな成長の軌跡をたどってあなたを見つけるのは難しいことではない。あなたはいつも」《ガーデン》は一語一語を、絞め殺しの樹のように、ブルーの笑みの奥に植えつけていく。「自分の仕事にサインをするのが好きでしょうがない」

ブルーがいま少しプロフェッショナルなところに欠けていたなら、愕然としていたかもしれない。唇を噛んでいたかもしれない。何を、いつ、どれくらい前から見られていたのかとパニックに襲われ、自分の内部を壁で囲って墓にし、それを沼地に沈め、沼地全体に火を放っていたかもしれない。

でも、ブルーは完璧なプロフェッショナルだったので、《ガーデン》の言葉を、表情を、トーンを精査し、その深度を測り、結局、そこには昔ながらの慣習に基づく愛情のこもった叱責以外には何もないことを知る。ブルーは身を乗り出して、《ガーデン》の両手を再度、自分の手で包む。

「今、私に再び潜入生活をさせるのであれば」とブルーは冷静に言う。「それは、私たちが獲得した陣地を失うことを意味します。もちろん、それほど急激にではないでしょうけれど、でも、それは前進ではなくて、横にそれる歩みになります。私をフィールドにとどめておけば、今のこの有利な状況をさらに押し進めることができます。この違いは、はっきりとわかっておられるはず――私たちは今、言ってみれば、崖の端に立っているんです」

「崖の端というのは」と、さりげない慈愛を込めて《ガーデン》が言う。「伝統的に、そこから引き下がる場所ということになっているわ」

「崖の端は、そこから敵の動向を知り、情報を得られる格好の場所でもあります。伝統的に」

《ガーデン》はクックックッと笑い、ブルーは自分が勝ったことを知る。「たいへん結構。ここでの仕事を終えたら、私のサインが見つかるところまでまっすぐ過去に行って、そこから十二ストランド、移動なさい。そこにデリケートなチャンスがあるわ」《ガーデン》はゆっくりと手を引く。「あなたは、自分で気づいているよりもずっと貴重な存在なのよ、私のタンブルウィード。気をつけて」

そして《ガーデン》は去る。ブルーは、フォーカスを取り戻したアリバイに向かって、いま飲んでいるワインの度数について辛口の意見を述べ、声を上げて笑う。陽気なさざめきの内に夜が溶けていく。

翌朝、チェックアウトしようとした時に、コンシェルジュが困惑した表情を見せる。「申しわけございません、マドモワゼル」とコンシェルジュが言う。「お客様のお勘定書きに間違いがございまして――ただいま、新しいのをお作りしますので――」

「ちょっと見せて」ブルーは言い、震えることもうろたえることもなく、手袋をはめた手を勘定書きに伸ばす。受け取る前に、すでに、インクの汚れに、その勘定書きが何であるかを見て取っている。およそありえない小数点に偽装された手紙。コンシェルジュが見つめている間《かん》に、ブルーはそれを読む。

「あら、本当」そういうブルーの声は明るくあたたかい。「お友達と私、昨晩はちょっと楽しみすぎたの。でも、どれほど素晴らしいシャンペンだったとしても、この金額はいくら何でも度を超しているわね。あなたの言うとおりだわ」ブルーはほほえむ。「お祝いすることなんて何もなかったんだけど」

返していただけますかとコンシェルジュが言うより早く、ブルーは汚れた勘定書きをくしゃっと丸め、新しい勘定書きで支払いをし、彼女が滞在した部屋で一時間後に掃除人が金切り声を上げるところを想像しながらホテルを出る。外で、敷地の管理人が柴を燃やしている。ブルーは足を止めることなく、勘定書きを火の中に放り込む。

ブルーが去ってしまうと、〈シーカー〉が炎の中から燻《くすぶ》っている勘定書きをつまみ上げ、火傷《やけど》しそうに熱い紙を食べる。

ディア・ブルー――

私にはできない
私
くそったれ
手短に書くわ…
彼らは知っている。
まだ全部を知っているわけじゃないけれど。
でも、彼らはあなたを知っている。あなたの強烈な打撃、あなたの罠、あなたの勝利、あなたの出現——あなたは彼らをひどく痛めつけた。彼らは次の攻撃をさせるつもりはない。絶対に。
彼らは、あなたが私に接近していることを知っている。あれほど注意していたのに、彼らは私たちの経路を、最初期からの交差ポイントをマップ化していた。手紙は手に入れていないと思う。彼らが感知しているのは、あなたの関心、時間の中での私たちの近さだけ。でも、彼らは蜘蛛のように全ストランドに感知網を張りめぐらせている。彼らは、あなたが私を寝返らせようとしていると考えている。実際に、そう思ったことはあるの？ 最初にあなたがコンタクトしてきた理由は、それだったの？ その後、私たちの関係がどんなふうになっていったかはともかく。
あなたは私がコンタクトするのを待っている——彼らはそう考えている。だから、手紙を書け、と。私には笑うこともできない。彼らは、細胞の遺伝子コードを書き換えて正常でないタンパク質を作らせるようにするマシンを持っている。彼らがあなたに対面したことはない。あなたの意識を読んだこともない。でも、彼らは、あなたを破滅させられるだけの知識を持っている。あなたが彼らを侵入させてしまえば、それが実行できる。だから、こう考えている——私があなたに手紙を送れば、あなたは——

最後まで書けない。どうしたって書けない。

彼らはとても賢い。どうしようもなく愚かしい。

あなたの手紙。針。あの美しさ。あなたが約束してくれた永遠の数々。海王星。私も、私が愛してきたすべての場所であなたと会いたい。

私の声に耳をすまして——私はあなたの木霊《こだま》。

あなたを失うくらいなら、この世界を破壊してしまうほうがまし。

ソリューションはある。ひとつ。簡単な——とても簡単な解決法が。

私との関係を終わらせること。私もあなたとの関係を終わらせること。

私は彼らに命じられた手紙を書く。それを送る。だから、次に私から届く手紙は、どんな状況下でも絶対に読まないで。あなたが死ななければ、彼らも自分たちの打った手が失敗したことがわかるはず。もしかしたら、あなたの私への関心はフェイントだったのかもしれない、と。もしかしたら、私がまだあなたにとって充分目的にかなうだけの対象にはなっていなかったのかもしれない、と。もしかしたら、罠が機能する前にあなたが罠の存在に気づいたのかもしれない、と。もしかしたら、〈司令官《コマンダント》〉が間違っていたのかもしれない、と。〈司令官《コマンダント》〉は以前にも判断を誤ったことがある。マシンも間違ったことがある。

重要なのはひとつだけ——今後、私が送るものはいっさい読まないこと。返事をよこさないこと。そして、私たちは別々の道を歩む。

ああ、こんなことはしたくない。本当にしたくない。これほど嫌なことは、これまで一度だってなかった。私にとってすべてであるあなた、これからもずっとすべてであるはずのあなた。それを終わらせてしまうなんて。お互いに歩み去っていくだけだなんて。そんなことができるわけがない。

でも、私はそうする。そうすることで、あなたがこれからも生きていくのであれば。

彼らはあなたを監視しつづける。私のことも監視しつづける。以前よりもずっと緊密に。私たちは戦い合うことができる。お互いを追って、時間の中を走りつづけることができる。私があなたの名前を知る何世紀も前からずっとやってきたように。でも、手紙はこれで終わり。手紙のやり取りはもう二度とない。

私が死ぬのであれば——それは全然かまわない。私は死ぬために、この戦争に志願したのだから。このことを以前に話したかどうかわからない。

でも、あなたが死ぬなんて！　あなたがそんな目に遭うなんて！　彼らがあなたを亡き者にするなんて！

あなたを愛している。愛している。愛している。何度でも繰り返しそう書く。海の波に。空中に。私の心の中に。あなたの目に触れることは決してないけれど、でも、あなたにはわかってもらえる。私はすべての詩人になる。詩人たちを全員殺して、彼らの場所を奪い取る。これから、すべてのストランドで愛の言葉が書かれるたびに、それはあなたに向けられたものになる。

でも、こんなやり取りはもう二度とない。

本当に悲しい。私がもう少し強かったら。もう少し素早かったら。もう少しクレバーだったら。もう少しうまくやれていたら。私があなたに値する存在であったなら。私が――

こんなふうに自分を罵倒するのを、あなたは絶対に望まないはず。

この手紙は焼いてしまって。でも、記憶に保存しておくことはできると思う。私も記憶に保存しておく。そして、この紙の上に置かれるあなたの手を想像する。あなたの火を想像する。

ああ、あなたを抱きしめられたら、どんなにいいことか。

愛している。

R

レッドは完成を目指してメッセージを作り上げていく。

作業には考えていた以上の時間がかかる。一通の手紙を書くのに、これほど苦労したことはない。毎日毎日、白い部屋で眠り、真っ白な壁に囲まれた中で目覚めるとシャワーを浴びる。その後、エキスパートたちがやってきて、毒を醸成するデータを組み込んでいくのに手を貸す。

エキスパートたちが話をすることはめったにない。レッドに対してはまったく口を開かない。ラボでの彼らは感染防護服をまとい、フェイスシールドを着けているが、レッドは裸足のままだ。彼らは午前中にやってきて、夜になると去る。レッドはラボにとどまる。彼らが作業をしている間、レッドはフェイスシールドの奥の彼らの顔をじっと見つめる。レッドの目に見えるかぎりにおいて、彼らの顔には一点の乱れもなく、完全に落ち着き払っている。まるで、誰も住んではいないが、日々、使用人が隅々までくまなく掃除をしている家のように。レッドは、彼らが常にこんなふうであるとは思っていない。この特別な目的のために、〈司令官《コマンダント》〉が彼らを空洞化し、聖堂に収めてしまったのだ。

レッドが作成するメッセージそのものに対しては、干渉も監視も最小限にしなければならないことになっている。背後に《エージェンシー》の委員会がいることを疑わせることがないように、ターゲットに警戒心を起こさせることがないように——〈司令官《コマンダント》〉はそう言ったが、これを信じていいのかどうかレッドにはわからない。

彼女は慎重に作業を進めていく。

決して泣きはしない。空虚なラボの空虚な壁に向けて罵倒の言葉を発することもない。エキスパートたちが帰宅したあとも。〈司令官《コマンダント》〉に聞かれるリスクを冒したくはない。

彼女は眠り、これまでの数々の手紙の夢を見る。

この手紙は植物の形態を取る。この形態を選んだのはレッド自身だ。種子から時間をかけて育っていく植物。ブルーに、手を引くあらゆるチャンスを与えるために。レッドは、その植物に棘《とげ》を与える。果実を毒々しい赤にする。葉は黒く、油分でベトついている。何もかもが、毒であることを声高に叫んでいる。

レッドはエキスパートたちが異を唱えるのを待ち受けていたが、彼らはそのまま受け入れる。

そもそも《ガーデン》の工作員をひとり殺すくらい簡単なことはない。工作員たちは、ほかの誰とも同じように死ぬ。重要なのはそのあと——死んだあとに、その芽胞《がほう》が感染を広げていく。風に吹かれたタンポポの綿毛が種を運び、深いところにある根が新たな芽を出していく。そのプロセスを破壊すること、これこそが真の目的なのだ。毒が記憶の連鎖を寸断し、生殖細胞系に絡《から》みついていく。ターゲットの遺伝子解析は周到になされなければならない。彼らはブルーのサンプルを持っている。プレパラート上の少量の血。ブルーのものと考えられる、ひと房の髪。レッドがそれらを盗み出す方法を考え出すより早く、エキスパートたちはサンプルを植木鉢に混入してしまう。

これは死の手紙だ。企図された受取人以外には、まったく意味をなさない。死をもたらす言葉はレッドのメッセージにレースのように編み込まれ、その呪文が呼び覚まされるまでは、メッセージの奥に秘《ひ》匿《とく》されている。ステガノグラフィ――データ秘匿技術。あるデータを別のデータに埋め込み、真のメッセージを隠してしまう手法。

レッドは表層に置かれる簡明なノートを書く。彼女が当然書くであろうと〈司令官《コマンダント》〉が思うノート。関心を引く表現。誘いと挑戦の言葉。一番最初にブルーが書いてきたのと似ていなくもない内容。

レッドは思う。**この手紙を読まないで。**

レッドは思い起こす。遠い遠い昔、彼女をからかうことが、勝利の歓びに浸るのが、どんな感覚だったかを。ブルーベリー。ブルーｰダーｰバーｰディー。ムード・インディゴ。あの記憶を呼び起こし、あの時以来起こったすべてをシャットアウトしようとしてみる。

彼女にはできない。

彼女は思う。**私はタイムトラベラーみたいなものだ。**

ブルーがこんなものに騙《だま》されるわけがない。ブルーは耳をすましてくれるだろう。私の前の手紙をブルーは受け取った。理解してくれるだろう。絶対に。私たちに残された未来はただひとつ、別々の道を歩みながらともに過ごす未来だ。長い長い間、私たちは、お互いを知ることもなく生き、時間の流れの中で戦ってきた。私たちは別個の存在だった。言葉を交わすこともなく、そんな中でそれぞれが互いを形作り、互いに形作られてきた。

要するに、あの頃に戻ればいいだけのことではないか。そうしていけないわけがどこにある？　それは深い傷をもたらすことになるだろう。二人は以前、大きな傷を負った。生きつづけるために。でも……あとひとつだけ、やってみることがある。ほとんど耐えられないことではあるけれど、でも、やってみなければならない。ブルーはこのうえなく周到だが、同時におそろしく大胆にもなる。毒の手紙を読んでしまうこともありうる。そして、これは、私にとって最後のチャンスになるかもしれない。

エキスパートたちが帰ったあと、レッドは、彼らが彼女のメッセージに隠したメッセージに、さらに別のメッセージを隠す。毒を張りめぐらせた行間に、新たな文章を構築していく。テックたちに気づかれることは絶対にない。〈司令官《コマンダント》〉さえ絶対に気づくことはない。彼女はそう願う。

データ秘匿の技術、ステガノグラフィ。メッセージは、クロスワードパズルに、小説に、絵画に、夜明けの川面《かわも》の波紋に隠すこともある。そして、その隠されたメッセージの奥に、さらに別のメッセージを隠すこともできる。今、レッドがやっているように。レッドが作成した植物の実を食べると、シンプルなメッセージが現われる。そのメッセージには毒が仕込まれている。そして、その毒の中、さらに深部に、レッドはもう一通の手紙を隠す。本当の手紙。死に向かう中で初めて読むことのできる手紙。

この手紙が読まれる時のことを思うと吐き気がする。この手紙を読むということは、すでに果実を食べたということだ。この手紙を読む時のブルーの前に残されているのは、死だけだということだ。それでも、レッドは書く。次に何が起こるにせよ、これが最後の手紙なのだから。

これが最後だと思うと、レッドは、死をもたらすこの手紙をできるだけ美しくしたいという衝動を抑えることができない。

種子に光沢を与える。育っていく際には、芳香を放つようにする。花が咲く際には、深みのある色になるようにする。実をつける際には、輝きと深い味わいを持った実になるようにする。棘さえもが邪《よこしま》なアートになる。彼女は愛をこめて死を記《しる》す。

たとえこんな時であっても、ブルーにはブルーにふさわしいものを送らなければならない。

ブルーはこれを読まないだろう。罠の存在を察知するだろう。

そうすれば、すべてはうまくいく。

そして、二人は、以前にそうであったあり方に戻る。

何ひとつ変える必要はないのだ。実際にはすべてが変わってしまうとはいえ。

私たちは、そうしてやっていくことができる。

すべての作業を終えると、レッドは眠りにつく。安らぎのない眠りに。

翌日、彼らはラボを閉鎖する。ラボは破壊されることになっている。爆弾で破壊されて歴史の脚注となる。レッドは爆破の瞬間を見守る。レッドはこれまで、工作員として、誰の命も救ってはならないと命じられてきた。それでも、実際には何人かを救った。歴史はいったいどの死を容赦してくれるのだろう。

もうもうたる土煙の中に浮き上がる手紙を、レッドは読む。

そして歩み去る。

のちに〈シャドウ〉が跡形もなく破壊された現場を歩きまわり、灰を食べる。

ディア・レッド

あなたの望むように。

B

ブルーは平土間の観客に混じって、舞台上のひとときを勿体《もったい》ぶって、また、せわしなく演じている役者たちを眺めている。

このストランドでのブルーは薬剤師——人生の闇と光を研究する者——の徒弟だ。短く刈り込んだ黒い髪を天辺が平らなフェルト帽の下に隠し、白いシャツとタイツの上に黒のダブレット（首から腰のあたりまでを覆う、体に密着した男性用上着。十五〜十七世紀頃のヨーロッパで用いられた）を着ている。《ガーデン》の指示した〝デリケートなチャンス〟——ある生育ポイントでの成長速度を速め、また別の生育ポイントの成長速度を遅くするタスク——をつつがなく終え、今は、周辺地帯にとどまって、新作芝居の初演の舞台を見物しているところだ。

ブルーが学者だったなら——実際、これまで何度か学者の役割を務めて、自分ほど学者向きの人間はいないのではないかとまで思っている——あらゆるストランドをカタログ化して、『ロミオとジュリエット』が悲劇である世界と喜劇である世界との総合的かつ俯瞰《ふかん》的な研究を行なっていたに違いない。新しいストランドを訪れる時にはいつも、結末がどうなるかを知らないままに上演を見物するのが楽しくてならない。

しかし、今、彼女は楽しんでいない。これから告げられる予告――毒薬の使用を伝える場面――に全神経を集中させて舞台を見つめている。

彼女は結末まで見ずに、その場を去る。

店に戻る。ある植物――師匠の言によれば、ドクニンジンとイチイの奇妙な交雑種とのことだ――を植えた植木鉢が窓のそばに置いてある。黒く油っぽい葉、敵意もあらわなエレガントな棘、半月状の赤い実。それを眺めるたびに、ブルーは実を手のひらに包み込むようにしてじっくりと観察する。

手紙は美しく構築されている。自分はそうではない。

このことが何にも増してブルーを激怒させている。

ブルーは、この植物を、通常の手順に従って種子から育ててきた。種子には奇妙な印が入っていて、形が歪《ゆが》み、薄い茶色の紙袋の中で青いきらめきを放っていた。一年間――この間《かん》に、ブルーは、ある生育ポイントに生命を送り込み、別の生育ポイントの生命を除去した――彼女は種子が、決して果たされることのない約束へ、決して演奏されることのない楽譜へと成長していくのを見守ってきた。それは成長を模《も》したものでしかなかった。

その植物の表面に現われたノートは明らかに土占《ジオマンシー》いの書体で書かれていた。レバントの手稿から適当に拾い集めてきたとおぼしい、厳密さを欠く二進法のスクリプトの一種。一本の枝と、それについた棘と実の数が、土占いに使われる形象を表わしていて、コンジャンクショ（ジオマンシーで、結合・交差点などの意）やプエラ

（同、少女・女性の象徴）といったそれぞれの形象の名前は簡単に、より精緻なアルファベットに変換できる。親愛なるブルー、あなたの申し出に関してじっくり考えてみましたが、まずは信頼できることを示してもらう必要があります。あなたに直接伝えるのは危険が伴うので、本当の手紙を毒として偽装しました。これを全部食べてください。そうすれば、いつどこで私に会えるかがわかります。

　これはまるで彼女のトーンではない。これを書いている彼女の背後に浮遊する灰色の顔をした《エージェンシー》の三文文士のことを考えると、どうしようもない烈しい怒りが沸き上がってきて、口の中いっぱいに溢れ返る。何度か、ブルーはこの間抜けどもに馬乗りになって、彼らの顔を目鼻もわからなくなるまで殴りつぶしてやろうとしている夢を見る。だが、その手は常につるつると滑り、結局、打撃を加えることができぬまま、間抜けどもは果てしなく笑いつづけ、やがてその口から植物が生え出して、ブルーの名前を告げる……。

　気分のいい日には、試しに棘で指をついて、糸を紡ぐ紡錘《スピンドル》のことを考える。気分の悪い日には、ロンドン大火を見物するだけのために七十年先に出かけていく。

　今日は飛び抜けて気分が悪い。

　実が一個落ちた。ブルーは危うく叫びそうになった――これが手紙の一段落だったら？　あわてて土の上からつまみ上げて親指と人差し指の間にはさみ、手のひらに置いて、実が棘で傷ついていないこと、果汁が失われていないことを確かめた。まだその時ではないのだと思った。一年など何ほどのことでもない。この手紙を撤回する手紙、この手紙の矛盾点を覆《くつがえ》す手紙が届くのを待つのに、一年などなきに等しい。返事のデッドラインは、この植物自身の寿命の内に記されている。

実のところ、ブルーは侮辱されている。このうえなく露骨に、精妙さのかけらもなく。レッドは、今後届く手紙は読むなと言った。その手紙が今ここにある。ブルーの関心とレッドの成功を試すものとして、毒であることを公言している手紙。これを食べれば、私は死ぬだろう。でも、私が死ななければ……レッドの陣営は、私が真の情報を知らされていたことを知り、レッドを疑い、私の代わりにレッドを亡き者にするだろう。

私の心臓は、こんなものよりももっと素晴らしいものによって張り裂けるはずだったのに。彼女の裏切りは、もっともっと鋭い歯を持っているはずだったのに。それだけなのに――それだけなのに。そして今ここに、この手紙がある。

それでもなお、ブルーは葉を撫でる。それでもなお、彼女は上体を屈めて茎の匂いを嗅ぐ。シナモンと腐臭の混ざった匂い。

彼女は最初から根まで食べつくしてしまうつもりでいた。

これまでにやり取りしてきた手紙と同じくらいたくさんの実がついている。ブルーはひとつずつ、ゆっくりと食べる。目を閉じ、いくつかを硬口蓋に押しつけてつぶす。いくつかを歯の間に置き、舌全体で転がして甘さを味わう。鋭い様々な後味が広がる。丁字《クローブ》の痺《しび》れるような感覚。棘が頬と喉をチクチク刺しはじめると、苛々《いらいら》した感覚が生まれる。彼女はすべての感覚を味わいつくしたいと思う。

繊維を噛みながら、彼女はズアオホオジロのことを思う。間近に迫った聖体拝領式のために頭にかぶってみた白い布のことを考える。唇から輝く赤い血を拭い、笑う。そっと、さらにそっと、フレーバーの刺激のひとつひとつを飲み込んでいく。

彼女は思う。**甘やかなればこそ厭《いと》わしきもの。**（『ロミオとジュリエット』より）

頬の涙を拭い、涙と血が分かちがたく混ざり合っていくのを感じる。体の中で自身の存在が小さく震え、反時計回りにねじれはじめたような気がする。

彼女は立ち上がり、顔を洗い、手を洗うと、最後の手紙を書くために腰をおろす。

やめて。

ブルー、本気よ。

あなたを愛している。でも、やめて。これを読まないで。ひとつひとつの言葉があなたを殺す。

愛《いと》しいブルー、最愛のブルー、賢くて烈しくて愚かなブルー、これまでずっと、あなたは、死も時間も、軽く肩をすくめるだけで追い払ってきた。でも、この危険は肩をすくめてやりすごせるものじゃない。こっそりと忍び寄ってくる危険じゃない。旅の途中で出会うわけのわからない怪物でもない。龍でもない。森の国の獣でもない。策略や戦争をしかけてくるエイリアンの神でもない。そんな生《なま》やさしいものじゃない。これはあなたを亡き者にするために作られた言葉——入念に作り上げられた言葉。これを読んでしまったら、もう再臨の時は来ない。

今すぐ、この手紙を置いて。そうすれば、私たちにはまだお互いがいる。記憶として、ライバルとして。時間の中で追いかけ合いながら対決することができる。私が初めてあなたの姿を知った時のように。私たちはこれからもダンスを続けることができる。敵として。だから、今すぐ読むのをやめて。そして、生きて愛して。今のままのあなたでいて。

やめて、マイ・ラブ。読むのをやめて。下剤を見つけて、病院を、シャーマンを、あなたたちの医療繭《まゆ》のひとつを見つけて。まだ時間はある。かろうじて。

もう、本当にやめて！

一行書くたびに、私は、これを読んでいるあなたを思い浮かべなくてはならない——私の忠告を無視してここまで読ませてきたものを想像しなくてはならない。あなたの体が引きつり、毒があなたを殺そうとしている。私の内臓も引きつれている。あなたがここまで読んできたのなら、私はあなたにふさわしい人間じゃない。私は臆病者。彼らに利用されるがままになった。あなたがここまで読んできたのなら、私は武器に作り変えられた。彼らは私を、あなたの心臓に撃ち込んだ。私はこんなにも弱い。

私のことは諦めて。今すぐ、私の前から去って。まだチャンスはある――どんなにわずかなものであろうと。あなたを愛している。愛している。愛している。

行って。

永遠にあなたの

レッド

あれだけ言ったのに、あなたはまだ読んでいる。そうよね。私の願いは聞き入れてもらえないのね、インディゴ。あなたが私のもとを去って生きつづけてくれることを、私は願っていた。でも、あなたはまだこれを読んでいる。そう、私だってそうすると思う。私もそれだけの勇敢さを持っていることを願う。あなたがそうであるのなら。ああ、お互いに、相手の書いた最後の数行を――永遠に消えてしまう最後の言葉を――読むのを諦められれば、どんなによかったことか！　はかなく、永遠に消えてしまう最後の言葉……。

あなたを愛している。あなたがここまで読んできてしまったのなら、私に言えるのはもうそれだけ。あなたを愛してる愛してる愛してる。戦場で、影の中で、薄れていくインクの中で、アザラシの血飛沫《ちしぶき》がはねかかる冷たい氷の上で。樹々の年輪の中で。宇宙空間に粉々に散った惑星の残骸の中で。泡立つお湯の中で。ハチの針とトンボの翅《はね》の中で、星々の中で。若い頃に私がさまよい、空を見上げた、あの孤独な森の奥で——あの時でさえ、あなたは私を見つめていた。あなたは私の人生の中に何度となくスライドバックしてきた。私は、あなたを知る前からずっと、あなたを知っていた。

あなたの孤独と沈着さを、私は知っている。握りしめた拳《こぶし》を、振りかざした刃《やいば》を知っている。《ガーデン》の緑に輝く世界のガラスの破片を、私は知っている。でも、あなたが私の世界に馴染《なじ》むことはなかった。ああ、手に手を取って、私の生まれた世界を、私が自分の手で作り、護ることに着手した世界を、あなたに見せることができれば！——そうしたからと言って、あなたが私たちの世界を好きになっていたとは思わないけれど、でも、私は、その世界があなたの目に映るところを見たい。私も、あなたが編み上げたブレイドを見ることができていたら、どんなによかったことか。おぞましいホラーショーを全部置き去りにして、二人で一緒に私たち二人のための世界を見つけ出すことができていたら、どんなによかったことか。今の私にほしいのはそれだけ。小さな場所、犬、緑の草地。あなたの手に触れること。あなたの髪に私の指を走らせること。

それがどんな感触なのか、それさえ私にはわからない。そして、あなたは——

ごめんなさい。いいえ。ここまで来てしまうなんて、ここまであなたが我《が》を通すだなんて……私には、そんなつもりはなかった。私は永遠にあなたと戦いつづけていたはずなのに。私たちは取っ組み合って時間の中を転げまわっていたはずなのに。あなたを投げ飛ばして、あなたに投げ飛ばされていたはずなのに。何でもやってるはずなのに。私たちはこれまでおそろしくいろんなことをやってきた。それと同じくらいのことを、それ以上のことをやれていたはずなのに。それなのに、今、愚か者の私はここにいて、最後の部分を書いている。そして、愚か者のあなたもここにいて、この部分を読んでいる。私たちはひとつ――少なくとも愚かさにおいて、ひとつよ。

ここからの言葉は、本当は、絶対に読んでほしくない。今、私は吐き気に襲われながら書いている。ここまで読んできたあなたがどんなふうに傷つくことになるか私にはわかっている。いつもそう――言わなければならないことを言う時にはもう遅すぎる……。私にはもうあなたを止めることができない。私にはあなたを救うことができない。今、私たちの手にあるのは――時間と死に立ち向かえるのは、私たちを叩きつぶそうと迫ってくる力に立ち向かえるのは――愛だけ。あなたは私にとても多くのものをくれた。歴史、未来、平穏。自分が壊れていっているのに何とか言葉を綴《つづ》っていられるのも、あなたがくれたもののおかげ。私のほうも何かをあなたにあげられていたことを願うわ。自分が何を持っているのかを知ってほしい――たぶん、あなたはずっとそう思っていたんでしょうね。そして、私たちがやったことは、これからも残りつづけるということ、彼らがいかに私たちに敵対する世界を編んでいこうとも、ずっと残りつづけるということ。私たちにできることは終わった。永遠に。

私はこれから何をすればいいの？　私の空、私の湖。何をすればいいの？　ブルーバード、アイリス、ウルトラマリン。私たちにできることが終わった時に、それ以上の何がありうるというの？　でも、これは決して〝終わり〟じゃない——それが答え。私たちはいつまでも在《あ》りつづける。

このうえなく愛《いと》しいブルー、このうえなく深いブルー——最後の時も最初の時と同じように、そして、最初と最後の間にあるすべての時間を通して、あなたを愛している。

レッド

レッドが到着した時には、もう遅すぎる。

そもそも、レッドは来てはならなかったのだ。〈司令官《コマンダント》〉に精査されることになる。これは〈司令官《コマンダント》〉が長く待ち望んでいた勝利なのだから。でも、そんなことはもうどうでもいい。

レッドが夢を見ることはめったにない。だが、今夜ばかりは強烈な悪夢に翻弄される。役者たちと、無人の舞台の夢。歯で毒の実をつぶすブルーの夢。目覚めに向かうレッドは叫び、汗びっしょりになり、口いっぱいに死が溢れ返る中で目を覚ます。魂の内側で板ガラスの全面がひび割れてしまったかのような、このうえない不確実さに包まれて目を覚ます。恐怖にわしづかみにされる。歴史もスパイたちの報告も信用するものか。レッドは走り出す。

時間の中に突入するとともに、いくつものスレッドが燃え上がる。何も考えずにその流れから自分を切り離し、燃え盛る時間から少し遡《さかのぼ》ったブリテンの、汚水の臭いが芬々《ふんぷん》とするぬかるんだ街路に降り立つ。乳清色の空のもと、弱々しい太陽にはぬくもりのかけらもない。ズボンと長い外套、透けるほど薄いシアーの手袋。地元住人の目からすれば裸同然の姿だ。行く手の人々の間にざわめきの波が立つ。

ここに長居するつもりはない。パニックに駆られた《ガーデン》が、レッドを追い、捕らえ、殺そうと、多数の枝を過去に伸ばしてくる。これを感知した〈司令官《コマンダント》〉が配下の工作員を続々と送り出す。

どっちもくそくらえ。

遠方から観察している間に店は突き止めてある。レッドは猛然と、靄《もや》で煙ったような店の中に押し入る。乾きかけている果実と薬草と重金属の匂いが鼻をつく。四方のどの壁にも乾燥中の植物の束がぶら下がり、店主の錬金術師が頬に涙の筋が走る寡婦の客の相談に応じている。ショックと恐怖に満ちたまなざしでレッドを見つめる店主と客に、レッドは手袋をはめた手で、その場から動くなと指示する。階段を登り、徒弟の部屋を見つける。一度だけノックし、唸り声を上げて平手でドアを殴打する。蝶番《ちょうつがい》が引きちぎれる。

そこに彼女が横たわっている。寝台に、長々と。

眠っているのかもしれない。陽光に包まれて。だが、そうではない。血はすでに固まっている。毒が苦痛のない最期をもたらすことをレッドは願っていたが、《ガーデン》の人々——ブルーの側の人々——の生命保持力は強く、この毒はその生命力が最終的に断ち切られるまで苛烈きわまりない攻撃を続けたのだ。ブルーは戦ったのだ——何を相手に？　レッドは最初、〝死と〟という言葉を考えるのが耐えられない。しかし、それは偽善でしかない。これは私の過失だ。私にできるのは、最低限、それを正しく認識することだ。

レッドは改めて考える。ブルーは、死が着実に構築されていく過程を戦い抜いたのだ。レッドの目に見えるのは激闘の跡だけ——苦痛の痕跡を探しながら、レッドは、死に至るまでに猛烈な苦痛があったことを、同時に、ブルーが何かを隠そうとしている時にどんな表情を見せるのかということを知る。静謐《せいひつ》な顔。食いしばられた顎、口がわずかに開いている。胸は上下していない。瞼《まぶた》がほんの少し開き、血走った白目部分が覗いている。

胸もとに置かれた左手に手紙が握られている。封筒にはレッドの名前がある。レッドの本当の名前が。ブルーがこれを知っているはずがない。だが……これまで、ブルーが知らないと言ったことは一度もない。これはブルーの最後の告白だ。最後の〝からかい〟だ。

手紙には封がされている。

天が割れる。

世界が空洞になる。無数のブレイドがガムのようにクチャクチャと、意味のない言葉をわめき散らす。

レッドが立ちつくす中、声は次第に消えていく。

寝台の脇に膝をつく。ブルーの髪に指を走らせ、その指で髪をつかむ。その感触は想像していたものとは違う。最後のシックジョーク。その思いをきつく握りしめて、ブルーの頭蓋に触れる。不動の、その感覚。むせび泣きに喉が詰まり、レッドは沈黙の底に沈んでいく。

窓外の空が色を変える。死んだ床板から蔓が生え出す。緊急警報が整然たる秩序下にある《ガーデン》じゅうに鳴り響き、《エージェンシー》の冷たい通廊を走り抜ける。次々と暴き出され、危機に見舞われ、死んでいく工作員たち。怪物の群れがスレッドを遡ってくる。彼女を見つけ、彼女を殺し、彼女を救い出すために。

レッドはブルーを抱きしめ、その冷たさを、不動の硬さを確かめる。世界が揺れ動き、空が黒くなる。《ガーデン》は、汚染が広がっていくにまかせるよりはと、このストランドをそっくり焼きつくしてしまうかもしれない。

それでもかまわない。どうなってもかまわない。そんな絶望の中で、衝動的に、臆病者の本能が湧き上がる。空がどんどん黒さを増し、外で叫び声が起こりはじめると、レッドはブルーの手紙をつかんで走り出す。

全速力で、すさまじい勢いで、レッドは疾駆する。追手とは異なって、〈ホーム〉に戻る道が二度と見つからなかったらという不安が頭をよぎることはなく、ひたすらにスレッドからスレッドへとスリップしつづける。周囲で無数の都市が花開き、萎《しぼ》んでいく。星々が死んでいく。大陸が移動していく。あらゆるものが始まり、あらゆるものが潰《つい》えていく。

気がつくと、レッドは世界の終わりの断崖の上にいる。地平線に次々とキノコ雲が花開き、人間の生き残りの最後の生き残りの者たちが、自分たちをも含めてすべてを消し去っていく。

手紙を持ち上げる両手が震える。染みのような封印。ピリオド、最後の印《しるし》。封印がレッドに向かって笑う。レッドのように赤く、飢えのように赤い封印。レッドは歯を切望する。その下にうずくまれる歯を切望する。口の洞窟を切望する。その奥に隠れ、食べられ、飲み込まれ、消えてしまうことのできる口を切望する。これこそ、本当に最後の手紙なのだ。ああ、ブルーが私の言うことに耳を傾けてくれていたら。逃げてくれていたら。どうして彼女はこんなふうに死ぬことができたのか。そもそも、どうして死ぬなんてことができたのか。

最初、涙には怒りが混じっている。だが、怒りはすぐに燃えつき、涙だけが残る。

レッドは封筒の合わせ目に指を入れて引く。封蠟は背骨のように簡単に割れる。

レッドは読む。

周囲で世界が燃え上がる。草木が枯れ萎んでいく。押し寄せる波濤《はとう》が無数の死骸を岸に打ち上げる。

レッドは天に向けて絶叫する。存在するとは信じていない〈存在たち〉に声を限りに呼びかける。ここに〈神〉がいれば。そうすれば、〈彼女〉に罵《のの》りの言葉を浴びせることができるのに。

レッドはもう一度読む。

放射線の風が体を突き抜ける。隠れていた人工器官が彼女を生かしておくために機能しはじめる。

〈シャドウ〉が背後に立つ。

レッドはくるりと振り返って〈シャドウ〉を見る。

これまで〈シーカー〉の、〈シャドウ〉の実体を見たことは一度もない。この今でさえ、見えているのはアウトラインだけだ。澄んだ川に滑り落ちた歪《ゆが》んだクリスタル。そして、差し伸べられた片手。これは《エージェンシー》の生き物ではない。《ガーデン》の生き物でもない。謎の存在。秘密のヴェールが取り払われつつあるのか——そして、答えが見出せるのか。

それがどうだっていうの？　レッドは思う。そんなことにいったい何の意味があるの？

差し伸べられた〈シャドウ〉のガラスのような手に手紙を押し込むと、レッドは断崖の縁《ふち》から踏み出す。

絶望にしがみついているだけのレッドのかたわらを、岩がすさまじい勢いでなだれ落ちていく。さらなる岩の流れが、水爆が打ち壊した天空の廃墟が、間近に迫る。だが、それらが激突する寸前、レッドは思い至る。これではあまりにも自分勝手すぎる、簡単にすぎる、早すぎる。こんなクリーンな死で自分を飾る私を、ブルーが誇らしく思ってくれることなど絶対にない。私は最初から最後まで臆病者だ。打ちのめされたレッドは、泣きながら、罵り声を上げながら、間一髪のところで襲いかかる岩石流をかわし、過去にスリップする。

ああ、レッド

あなたが私の内でのたうちまわっている。暴れ狂っている。私の血管の中で鞭を振りまわしている。鞭が大きく振りかぶられ、鋭い一撃が襲いかかってくるまでの合間合間に、私はこれを書いている。

もちろん私はあなたに向けて書く。もちろん、私はあなたの毒の言葉を食べた。

私自身を作り上げるようにトライしてみなければ――あなたに読み取ることのできる何かに私自身を組み込めるように努力してみなければ。そう思いながら紙と羽根ペンにかじりついている。今はもうほかのことをする時間はいっさいない。こんなことをするのは、ほかにはありえない贅沢。誰からも丸見えの状態で手紙を書くなんて。それも、今、私の身に起こっていることのリズムに合わせて書くなんて。ひたすらユニークで、とんでもなく魅力的。これこそ、私が敵からもらいたいと思っていたすべてよ。私が拍手しているのがあなたの耳にも届いてほしい。

ブラーヴァ、私の赤いザクロ。見事な仕事だったわ。十分の九は。

(そう、私はいつも、最後の一ポイントは取っておくの。手の届かないところまで到達しろと叱咤激励するために)

奥歯の痛みはなかなか面白い感触よ。冷たい汗がずっと流れていて、今は両手が震えはじめたような気がする。〝乱筆ご容赦〟というところ。あなたは、この字の乱れに、自分の勝利を見て取るだろうけれど。
最初はがっかりした。わかるでしょう？——見え見えの裏ハッタリだったから。こんなつまらないハッタリをかけることに、あなたは強く抗議しただろうと思う。でも、結局、このハッタリは機能した。私はあなたの毒リンゴを食べた。私にはガラスの棺《ひつぎ》なんてない——あなたの〈シフト〉のすべてがそれになりえたはずなのに——もちろん、私を別の物語の中に送り込んでくれる死体愛好症の王子様もいない。

あなたは私たちの側にとって、間違いなく、飛び抜けた工作員になっていたはず。今回のことで、私を悲しませることがあるとすれば、これが完全にあなたの無駄遣いだということ——皮膚を貫くゾクゾクした感覚のいっさいない、冷たくて刺々しい場所に、安全に囲い込んでおくなんて。

針が深く沈み込んで、螺旋《らせん》の溝をまわっていく。ゼンマイが解《ほど》けていくにつれて、私の内からアナクロニズムがどんどん吐き出されていく。この感覚を宇宙と共有していると思うと、どういうわけか、とても気分がいい。私は、これまで死んだことはないけれど、一度だけ、死に近い経験をしたことがある——そのことは以前に話したわね——でも、あの時の感覚は、今のこの感覚とはまったく違っていた。存在が消されつつあることが、人を、より大きなナラティヴに融け込むところに連れていけるなんて、何て不思議なことかしら……。

私はあなたを愛した。そこに嘘はかけらもなかった。そして、今になってもまだ、私は、残された私のすべてで、あなたを愛さずにはいられない。こうしてあなたは勝つ、レッド。長いゲーム。精妙な手で見事にプレーされたゲーム。あなたは、私をシンフォニーのように奏でた。そして今、私は、これほどまでに素晴らしい裏切りをやってのけてくれたあなたを、ちょっぴり誇らしく思っている――こんなふうに言っても気にしないでくれるわね。

ブラック・ウィドウの背中に乗った赤い砂時計のあなたが見える。冷たくなっていく血で私の命の残り時間を計っている砂時計。あなたがやってきて、私の体を――何が残っているにせよ、私の抜け殻を――見つけるところが頭に浮かぶ。あなたは、ナノマシンの屍衣《きょうかたびら》を紡ぎ出して、私の残り滓《かす》を解体し、精査し、二度と使えないようにする。疲労困憊《こんぱい》するほど徹底的な作業になるのを期待しているわ。うんざりしてしまうほどにね。その時までに私が完全に死んでいることを、心から願っている。

この激烈な痛みはまさに拷問。本当に素晴らしい。もう二度と〝飢え〟を感じないというのはこういうことなのかもしれない。ほかの方法よりもずっと楽。過去に戻ることができれば。過去に戻って、そして――

そろそろ終わりみたい。封をする力だけは残しておかなくては。リーヴィット夫人なら、ほかに何て言うかしら？　ベスなら、チャタートンなら、何て言うかしら？

ありがとう、レッド。すさまじい乗り心地だった。

私のイチイの実の世話をしてやって。私のワイルドチェリーと私のジギタリスも。

Yours

ブルー

レッドは時間つぶしの殺戮《さつりく》を重ねる。

炎のローブをまとい、敵の血で両手を真っ赤に染めて、過去のヴェールを次々と突っ切っていく女性。剃刀《かみそり》の刃の爪が敵の背中の肉の奥深くを走る。長い無人の廊下を影のようにひそやかに敵に忍び寄っていく、メトロノームの正確さで刻まれるその歩みから逃れるすべはない。彼女はモンバサとクリーヴランドに闇の天使の慈悲を浴びせ、全域を飴のようにねじ曲がった金属の残骸に変える。

〈司令官《コマンダント》〉は、レッドが生身《なまみ》であの薬剤店に現われたことを叱責した。レッドは自分の目で確かめる必要があったのだと言った。脅威が完全に消し去られたことを確実に知る必要があったのだと主張した。この言葉を〈司令官《コマンダント》〉は信じただろうか？　たぶん信じていない。生き延びることはたぶん、それ自体が拷問なのだ。

ブルーはずっと、レッドには精妙さが足らないとからかいつづけてきたが、今のレッドはそれさえも完全に失っていた。有能な将校の仕事にとって不可欠の、誰にも負けない昔ながらの忍耐力も失っていた。レッドは様々なツールを放棄し、純然たるフィジカルなベースへと退行していった。この戦いに勝ち、次の戦いに負け、かの邪悪な老人を超高層ビルのペントハウスの浴槽で絞め殺して空虚な思いに包まれた。なぜなら、それが空虚なものだったからだ。時間の中で戦われているこの戦争で、亡霊たちを殺していったいどんな優位性が維持できるというのか。亡霊たちは、ほんの数スレッド移動するだけで生き返っている。あるいは、死刑執行人の刃《やいば》のもとに送られることなど決してない、まったく別の人生を送っている。果てしなく繰り返されるタスク——殺人。彼らを殺し、再び三《み》たび殺す。雑草のように。どれもこれも取るに足らないちっぽけなモンスター。

いかなる死も心にとどまることはなかった。たったひとつの意味ある死だけを除いて。

このような戦争活動にとって、レッドは無用の存在でしかない。これなら雪かきをしているほうがましだ。レッドは英雄であり、英雄は、自分がそうしたいのなら雪かきをしていてもいい。

《ガーデン》がレッドに向けて武器を繰り出してくる。悪臭を放つ緑が、異邦のブレイドから咆哮を上げて、斜交《はすか》いに、異様な角度で、レッドが歩いている亡霊たちの地に送り込まれてくる。今の私にふさわしいパートナーたち。殺すか、でなければ死ぬまで。

レッドはヨーロッパに行く。ブルーが好きだった場所に。

レッドは頭の中に〝ブルー〟という名前を思い浮かべる。今となっては、そうしたところでどんなリスクがあるというのか。

過去へ未来へと行き来し、建設されていくロンドンを、炎上するロンドンを眺める。セントポール大聖堂の天辺に座ってお茶を飲みながら、狂乱した男たちが爆弾を次々と投下する中、これまた狂乱した男たちが鉛の屋根の上を駆けまわり、必死に火を消していくのを見つめる。反乱軍に加わってローマ人たちに槍を投じる。ペストの年に大火を起こす。別のスレッドで、その火を消す。暴徒の群れにズタズタにされるに任せる。ブレイクが階上で黙示録の製作に没頭していた家の前を歩き、コレラが猖獗《しょうけつ》をきわめる市街を歩きまわる。この都市がロボットの支配に屈し、暴動によって灰燼《かいじん》に帰し、あるいは単に見捨てられ、そうして無人の街になってしまってから長い年月が流れたのちも、いくつかのスレッドではまだ地下鉄《チューブ》が走っている。天空に向けて神のごとく歩み去った人々にこよなく愛された歴史の抜け殻。レッドは錆びついた無人の車両に乗り、環状の路線をまわりつづける。どこともしれない場所から腐臭が漂ってくる。〝臆病者〟と線路が呼びかけてくる。もう戦争には使えない役立たず。戦いつづけることのできない、終わりを探すこともできない臆病者。

不死者でさえ、これ以上乗っているわけにはいかないというほど延々とサークル・ラインをまわりつづけた果てに、レッドは車両を降り、水の滴るトンネルを歩きはじめる。後方から知覚力の発達したドブネズミの大群がやってくる。ネズミたちは悪臭を放ち、無数の尾がレンガの壁にすれてシュッシュッと音を立てる。この群れが襲いかかってくれればとレッドは思う。彼らはそれほど愚かではない。あるいは、単に冷酷非情なだけなのかもしれない。レッドはがっくりと膝をつく。群れの波が迫ってくる。鋭い髭が頰を刺し、耳のまわりに尾が渦を巻く。ドブネズミの大波が過ぎ去った時、レッドは再び泣いている。母親というものがいたことはないが、母の触れる手がどんな感触かはわかっている――そうレッドは思う。

レッドは太陽を思い出す。空を思い出す。

このまま永遠に地下にとどまっていることはできない。レッドはある駅で線路を離れ、ホームに上がる。なぜその駅を選んだのかはわからないままに。

この街を最後にもう一度眺めて、そして、それから――

気持ちは落ち着き、意識もはっきりしていたにもかかわらず、レッドには、〝それから〟の先を構築することができない。

階段の手すりに手を置いた時、何かを感じて、レッドは足を止める。通い慣れた部屋への階段を登っている際にささやきかける大昔のフランスの〝階段の霊〟(l'esprit d'escalier。〝ある時、はっと、正しい答えに気づくが、その時にはもう遅すぎる〟という意)ではなく、別の霊たちが耳もとでこうささやく――ノックをすれば、ドアが開かれれば、おまえの世界は変わるだろう。

長い時間がたったのちに、レッドは自分がずっと壁の絵を見つめていたことに気づく。古い絵を模写したもの、この駅にほど近い美術館の宣伝のために描かれたもの。美術館は遠い昔に灰になってしまったが、その絵は今もシェルターのような地下鉄で生きつづけている。

窓際の寝台で死んでいる少年。

鉤のように曲げられた片方の手が胸に置かれ、もう一方の手は床に垂れている。美しい少年。少年は青いズボンをはいている。

レッドはよろめいて壁にもたれかかる。

半ば開いた窓。寝台のかたわらに投げ出された外套。蓋の開いた箱。半ばねじられた腰。そのポーズは細部までことごとく、〝あの場面〟そのままだ。異なっているのは、壁に描かれた寝台の上の少年の手に手紙がないこと。そして、少年の容貌がブルーとは似ても似つかないこと。たとえば、少年の髪は赤い。

地面の下にいるレッドを恐怖がわしづかみにする。レッドは思う――これは罠に違いない。彼女は、とてつもなく精妙で広大無辺のマインドに見られている自分を感じる。でも、これが罠だとしたら、どうして私はまだ生きているのか。これはいったい何のゲームなの、サファイア？　何てスローな勝利なの？　ああ、氷の心！

死んだ少年はまだ目の前にいる。

これが後世の贋作者たちのミスにつながることになるのよね。かの〝神童〟、チャタートンを筆頭に。

そしてレッドは思い至る。ブルーは絶対に自殺したりなんかしない。彼女はこの絵を知っているのだ。ずっと知っていたのだ。

それなら、どうして？　からかうため？　私は私の姿を世界じゅうに残しておく、だから、あなたはありとあらゆるブレイドに私の姿を見て嘆き悲しむことになる――そう言いたいの？

だとしても。私は知らなかった。現場を見た時に、この絵を示唆しているなど思いつくはずもなかった。それは〈司令官《コマンダント》〉も同じだ。〈司令官《コマンダント》〉にとって、絵は物好きが眺めるもの――純粋数学を究《きわ》めるには、とんでもない迂回路にあるものでしかない。

レッドはステガノグラフィのことを思う。隠された手紙のことを、樹々の年輪のことを思う。

私自身を作り上げるようにトライしてみなければ――あなたに読み取ることのできる何かに私自身を組み込めるように努力してみなければ。

レッドは改めてブルーの最後の手紙を思い起こす。長いゲームとブルーは書いていた。精妙な手で見事にプレーされたゲーム。レッドは思い起こす。鞭が大きく振りかぶられ、鋭い一撃が襲いかかってくるまでの合間合間。ザクロという言葉を、そして、ザクロが何のためにあるのかを思い起こす。

ザクロは喉に貼りつく。ザクロはたくさんの種を撒き散らす。ザクロは大地の娘たちを死の王国に連れ戻す――でも、死は彼女たちの命を求めはしない。

これはどういうことなのか。混乱しきったちっぽけな心が妄想を紡いでいるだけではないのか？　これはどういうことなのか。藁をつかむ思いで、死と時間に抗《あらが》おうとしているだけのことではないのか？

いったい愛とは何なのか。しかし――

過去に戻ることができればとブルーは書いていた。

レッドは思う。過去に戻ることができれば、チャンスはある。

チャンス？　罠と呼んだほうが、誘惑、やさしい顔をした自殺行為と呼んだほうがずっといい。そのほうがずっと真実に近い。

たとえブルー自身がこのメッセージを送ったのだとしても——レッドはそのメッセージを組み立てることができず、ばらばらなイメージの内にある意味を闇雲に探っているだけでしかない。そんなイメージは、次のブレイドをひとひねりするだけで、簡単に流れ去ってしまう。アートなど、この戦争の中では絶えず現われて消えていく。この地下鉄の壁の絵はただの偶然だ。私自身が紡ぎ上げている妄想にすぎないのだ。

それでも。

チャンスはある。

レッドの頭の中に、ひとつの考えが形をなしはじめる。

レッドの手紙に組み込まれた毒は、《ガーデン》の工作員——ブルーのような——を殺すために合成されたものであり、レッド自身の陣営の者には作用しない。レッドの遺伝子コード、レッドの抗体、レッドの免疫システムを持っている者には絶対に作用しない。

《ガーデン》の工作員たちは、成長の途上にある間、無数のトラップで囲われた生育場に埋め込まれている。その幼年時代の生育場にいる時に、ブルーは死にかけた。《ガーデン》から切り離され、捻じ曲げられた。結果、ブルーのマインドには〝穴〟ができた。そして、穴というのは、どんなものでも外部に対して口を開いている。そこから入ることができれば……。

今のままでは、レッドが生育場に近づける見込みはまったくない。《ガーデン》は、《ガーデン》に属している者しか、そこに入ることを許さない。

ブルーは、現在の彼女自身としては、生き延びることはできない。レッドは、現在の彼女自身としては、は、ブルーのもとに行くことはできない。

だが、二人はこれまで、時間のあちこちに、それぞれの〝自分〟を撒き散らしてきた。インク、巧妙な方法、紙の上の皮膚の断片、花粉の粒子、血、油、羽毛、雁《がん》の心臓。

長い時間がたったのちに土石流を引き起こすように岩々を配置する――これと同じような変化を植物に起こしたいのなら、根から始めなければならない。

レッドが今、形作りつつある計画は、その途上で、苦痛と死に至る数え切れないほどの道を提供することになるはずだ。〈司令官《コマンダント》〉に見つかったなら、私は、長くゆっくりとした苦悶の時を経て、沸き返る幻覚の中で死ぬことになるだろう。《ガーデン》に気づかれたなら、砲弾を浴びせられ、皮を剝《は》がれ、ズタズタの切り身にされてしまうだろう。マインドは自身を攻撃するよう捻じ曲げられ、指は切断されて飾り紐にされてしまうだろう。レッドの側も敵の側も、容赦ない点ではまったく変わりがない。それでも……私は、敵とかつての仲間たちの追跡をかわして、ブルーと私の軌跡を――それぞれがその場を立ち去る時に周到に消し去ったはずのトレイルを――たどり、自分たちの痕跡を見つけ出さなければならない。そして、最終的に、敵の領域に踏み込まなくてはならない。最高潮の時にあったとしても成功の可能性はゼロに等しいとしか言いようのない計画……。

それでもなお、この決意はレッドの内で結晶のように成長し、形をなしていった。

希望は夢に終わるかもしれない。それでもいい。私は、これを実現させるために最後まで戦い抜こう。

レッドは手を伸ばし、壁に描かれた死んだ少年の手に触れる。

そして、時間を遡る探索の旅に出発する。

レッドは愚かではない。何から何まで絶望的なこのプレーを、彼女は自己手術から開始する。十三世紀のトレドで買った薄刃の短剣を自分の体に突き通し、追跡システムを破壊する。こうしても〈司令官《コマンダント》〉には歴史のブレイドを昇り降りするレッドを追えるかもしれない。だが、それには時間がかかる。そして、レッドの動きはきわめて速い。

最初の手紙は簡単に見つかった。

もちろん、この時点ではまだ二人とも、監視されていることを知らない。ごくラフな警戒措置しか取っていない。レッドは、撃破された攻撃船の影の中から立ち現われ、自分が徹底的に破壊しつくしたのちに立ち去った世界の空を見つめる。手紙は灰になっている。世界が震え、土が砕け散る中、レッドは指先を切り、滴る血を灰に混ぜてこねる。プリズム光を当て、不可思議な音を投射する。時間を折りたたむ。

雷が近づく。世界の中心に亀裂が走る。

灰が一枚の紙になる。上端に、サファイア色のインクで書かれた蔓草のような手書き文字が現われる。

レッドは手紙を読む。この最初の手紙をみずからの内に取り込む。こうして私たちが勝つことになる。続いて、打ち捨てられた病院のＭＲＩマシン内に残った水を見つけ、それを飲む。洞窟寺院の奈落に向けて落下していく骨をすべてキャッチして噛み砕く。巨大コンピューターの心臓部で床に砕け散った光集積回路をことごとく見つけ出す。荒涼たる凍土の地で、手紙が記された板の破片を皮膚の内に滑り込ませる。レッドはそれらを遺伝子解析し、みずからのＤＮＡに取り込んでいく。ブルーの失われた影をすべて見つけ出していく。

からかいのトーンが変化していくとともに、ブルーは次々と新しい手法で手紙を送ってくるようになる。トンボを食べる蜘蛛。涙と、その内にある二重螺旋の酵素を飲む〈シャドウ〉。

レッドは恐竜の沼地で泣いている自分を見つめる。これが、若い頃の自分が自分を追う〈シャドウ〉のためにしかけた罠だということがわかっているにもかかわらず、その涙に、〈シャドウ〉のレッドは、自分の目がえぐられ、全身が燃えているような感覚を味わう。彼女は思わず手を差し伸べてしまう自分を抑えきれない。手を触れて、**私はここにいる**と言いたくなるのを抑えきれない。自分を絞め殺すために羽交い締めにしていると誤解されようと、どうしても抱擁せずにいられないこともある。影の中で、彼女は自分自身と取っ組み合い、自分自身に腰骨を砕かれる痛みを感じる。

レッドは過去の迷宮をたどり、手紙を次々に読み返していく。今となっては、とても若くしか見えない自分自身とブルーをともに、心の中に再構築していく。

テクストを、洪水を押しとどめる桁材《けたざい》のように握りしめる。牙と鉤爪につかまれたレッド、モンゴルの部族の中に、アトランティスの呪縛の中にいるレッド、ギラギラと輝く飢え――〝自分を真っ二つに切り裂いて、そこから何か新しいものが跳び出してくるかもしれない〟とてつもなく鋭い飢えの中にいるレッド。ローズヒップ・ティー。本の約束。私が〝飢え〟を教えてしまったのかもしれない。お互いがお互いに向かって歩み寄っていく。

道標《みちしるべ》を探すレッドの前に次々と現われるパンくず！　ブロディウェズ（ウェールズ伝説に登場する春の女神）。実際問題として、その世界と同じ皮膚をまとわなければならない。ブルーはいったいいつから、これを計画していたのか。あなたにはいったいいつからわかっていたの、ムード・インディゴ？

そもそも、彼女にはわかっていたのか？　これらのリンクはとてつもなく小さく、つながりなどまったくないのだと簡単に否定することもできる。パンくずがただのパンくずでしかないことも充分にありうる。それでも、レッドはこれらのパンくずを貪欲に飲み込む。すでに心は決まっている――疑問を入れるスペースは残っていない。

私は狂っているのかもしれない。でも、狂気のために死ぬのは、〝何かのために〟死ぬことだ。〈司令官《コマンダント》〉の工作員たちがレッドの存在を嗅ぎつけ、追ってくる。彼らは国姓爺《こくせんや》（明の忠臣として清朝に対抗し、一大水軍を率いて台湾に漢人政権を打ち立てた軍人、鄭成功の異名）の水軍の沈みかけた海賊船の中でレッドを捕らえる。レッドはあっという間に彼らを打ち倒し、切り刻み、彼らのカモフラージュ・シールドを剝ぎ取って、それをまとう。

手紙はテクスト以上のものだ。レッドはブルーの手紙を読み、ブルーの存在をみずからの内に取り込んでいく。涙、息、皮膚——そうした痕跡はほとんどがこすり落とされてしまっているが、しかし、一部は今も残っている。レッドは、ブルーが残した言葉から、ブルーのマインドのモデルを作っていく。手紙を鋳型《いがた》にしてブルーの身体を形作っていく。あと少し。

そして、ついに、レッドは世界の終わりの断崖に立ち、片手を差し伸べる。終わりゆく世界を前に泣いている自分の姿を見て、心が張り裂ける。彼女をみずからの腕でかき抱くことができたら、猛々しい抱擁で押しつぶすことができたら、どんなにいいことか。

絶望しきった自分が、見つめるレッドの手にブルーの最後の手紙を押し込み、断崖から跳び降りる。彼女は死なない。

残された手紙——封印、血のひと雫《しずく》が封印された封蠟。

はるかな過去の荒涼たる島で、レッドは封蠟を舌の上に載せ、噛み、飲み込み、そして頽《くずお》れる。

血から、涙から、皮膚から、インクから、言葉から作り上げたブルーに、レッドはそっと自身を重ね合わせていく。体の奥底から沸き上がってくる激痛に、レッドはのたうつ。自己合成された幹細胞から新しい器官が生まれ、古い細胞を押しのけながら成長していく。緑の蔦が心臓に絡《から》みつき、心臓を絞め上げる。レッドは嘔吐し、蔦のリズムが自分のリズムに合致するまで、おびただしい汗を流しつづける。皮膚の内部で第二の皮膚が育っていき、水疱《すいほう》のように弾《はじ》ける。レッドは岩の上に古い自分を蛇のように脱ぎ捨て、変身した体をぐったりと横たえる。体だけではない。自分のマインドの端々《はしばし》で別のマインドが踊っている。

エイリアンになったような気がした。レッドはこれまで、今まとっているような体を数しれず殺しながら何千年もの時を過ごしてきた。荒涼たる陽の出に波飛沫《なみしぶき》が無数の虹を作り出す。

レッドのこの変身が察知されないわけがなかった。

いくつもの時間のスレッドが、レッドの姉妹の兵士たちの軽やかで素早い足音の合唱にさざめき立つ。《エージェンシー》はレッドの裏切りを嗅ぎつけていた。私たちの英雄が寝返った。レッドは今や、彼女らの歯牙が食らいつく肉でしかない。

すでにそこまで怒り狂っていたとはいえ、彼女らはレッドの次の策略を確認するまで待機する。

レッドはこのスレッドからダイブする。ブレイドの間の空間に向けてまっしぐらに跳び込む。時間が以前とは異なって感じられる。レッドはレッド自身でありつづけていながら、同時に彼女の愛のエコー――完全に同じではないが、精巧なコピーだ。背後で吠え猛る猟犬の群れ、レッドの姉妹たち、最も獰猛で迅速なライバルたち。だが、レッドがどこに向かっているのかに気づくと、彼女らはひとりまたひとりと追走から離脱していく。最後のひとり――自分の利にならないほどに強く愚かなひとりだけが、ぐんぐんと迫ってくる。その手がレッドの踵《かかと》をつかもうとする。だが、その時、行く手に緑の壁が亡霊のように浮かび上がる。未来が〈我々のもの〉から〈彼らのもの〉に変わる境界。

レッドはまっしぐらに壁に突っ込んでいく。壁はレッドの内の〝ブルー〟を読み取り、わけのわからない言葉をつぶやきながら、抵抗する。レッドは思う。**万事休すだ。チャンスは潰《つい》えた。私たちは終わった。**しかし、次の瞬間、壁は大きく口を開き、レッドはその内に転がり込む。追撃者は面前でぴしゃりと閉じた壁に激突し、粉々に砕け散る。

レッドは落下し、飛翔し、これまで触れる気さえなかったスレッドを次々と渡っていく。《ガーデン》の奥を目指して。

レッドは、ブルーの内に封じ込められた手紙として《ガーデン》の深部に入っていく。

気がつくと、レッドは軌道上にいる。

胸が悪くなるような《シック》空間。濃密でぬらぬらした《シックスリック》空間。甘ったるい蜂蜜のようにねっとりした光にレッドは溺れている。真空中を突き進んでいくのが、まるで生肉の上を滑っていくように感じられる。寒気《かんき》が新しい皮膚を撫でる。だが、皮膚が燃え上がることはない。肺には空気がない。だが、呼吸をする必要はない。遠く離れていながら、とても近い、あまりにも近いところで輝いている太陽は目だ。ヤギのような巨大な砂時計の瞳孔を持ったその目が、改良し利用できる弱いところはないかと、空間をくまなく走査している。ここでは、すべての星が目だ。常に問題点を探し出そうとしている目。レッドの世界の預言者たちはみな、無関心な宇宙に非難の言葉を浴びせていたものだが、ここ、《ガーデン》の支配する領域では、その膨大な世界のすべてが〝ケア〟のもとにある。

　レッドが周回している惑星は、すでに耐用期間を過ぎている。レッドにはそれがわかる。新しい器官がそう告げている。濃密な液状の空間がぱっくりと割れ、その割れ目から緑の主根が下降していって、惑星全体を包み込む。そして、剪定機《せんていき》をやさしくふるうように地面を砕き、その土塊《つちくれ》から生命を引き出していって灰だけを残す。それ以外の場所で必要になる養分として。

太陽の走査の目がレッドをかすめ過ぎていく。そのまなざしのあまりの激しさに、全身が燃え上がる。私はとんでもないミスを犯したのだ。私は愚か者で、〈ホーム〉から遠く離れたこの地で死ぬのだ。手紙から、友の記憶から、この場所が理解できたなどと、どうして考えることができたのか。どうして、あれほどまでの確信を持てたのか。自分が、この場所で生き延びられるだけ充分にブルーになったと、どうして信じることができたのか。そもそも、こんなこともわからない私が、本当にブルーを知っていたと言えるのか。

こうした思念がレッドを裏切ろうとしている。根に利用される割れ目にしようとしている。

ブルーのことを思う。レッドは壊れない。

太陽の目は動きつづける。レッドも動きつづける。自分の信念を裏切ることなく。

レッドは《ガーデン》の多くの世界を歩きまわる。空間そのものがレッドへの敵意をあらわにする。苔が催眠作用のある煙を吐き出す。胞子がいたるところを漂い、着生することのできる裏切り者の肺を探している。天空には燐光を放つ星座がかかり、銀河と銀河の間には蔓植物が絡《から》まり合い、巨大な樹幹が星々の間の深淵をつないでいる。星々の深部で燃える核融合の炎の中でさえ、生命が芽生え、育ち、花開いている。レッドは道に迷ってしまう。

彼女はブルーを探す。水銀の海から生え出ているガジュマルの茂みを抜けていくと、両手を広げたほどの大きさがある蜘蛛たちが落ちてきて、腕の裏や首筋を羽毛のようなタッチでくすぐる。蜘蛛たちは絹の糸で問いを発し、そのひとつひとつの挑戦に、レッドはブルーの記憶で答えていく。草を編むブルー。お茶を飲むブルー。髪を刈り込み、〈神〉を盗むためにやってくるブルー。鉤《ハ》つき棒《カピック》を振りかざすブルー、剃刀《かみそり》を手にしたブルー、未来を生み出していくブルー。

蜘蛛たちは、その毒牙でレッドの体に目指す地点を刻み込む。道を教えるには危険きわまりない方法だが、彼らの与えてくれた知識が炎を上げて血管内をめぐっていっても、レッドが変身した女性が死ぬことはない。

彼女は過去に遡っていく。足音をひそめて、ゆっくりと。

あなたも知っていると思うけれど、私たちはこんなふうに育てられていく——そうブルーは書いていた。私たちは時間のブレイドの奥深くにもぐり込んで、その一部になる。私たち自身が生け垣そのもの、やがて花開く薔薇の花びらのための棘を備えた蕾《つぼみ》なのだから。

レッドはその場所を見つけ出す。蜘蛛たちの知恵が導いたのは、蔓植物と蛾でいっぱいの緑の窪地で、そこに咲いている花々はどんな白い花よりも白く、中心部にだけ赤い斑点が散っている。レッドは妖精の国に降りていく。

そこは、ブルーのお気に入りの絵のひとつのようにも思えたが、レッドはそこに潜む危険の数々を感知する。薔薇が眠りを誘う香りを撒き散らし、さあ、私たちの間でお休み。そうすれば、私たちの棘が耳を通って、奥のやわらかな組織まで入っていけるとささやきかける。巨大な灰色の蛾が何百匹と連なった一枚の毛布が柳の大枝からふんわりと降りてきて、ひらひらとはためきながらレッドを包み込み、ストロー状の口吻《こうふん》で彼女の唇を吸う。剃刀よりも鋭利な蛾の翅《はね》が腱の上をザラザラと滑っていく。草がぐんぐんと伸び、進んでいく足の下でクッションとなる。レッドには草たちが巻きついて力いっぱい絞めつけてくるような気がする。私は充分にブルーになっているだろうか。以前、何者であったかを察知されれば、私は即座に死んでしまうはずだ。蛾の剃刀の翅で切り刻まれ、草に絞め殺され、薔薇の餌食になってしまうはずだ。

しかし、彼女はこの場所の一員となっている。この場所は、レッドの内側の〝新しい存在〟に、〝ブルー性〟に呼応している。彼女が恐れないかぎり。怯《ひる》まないかぎり。この森に疑念を抱かせる要因を与えないかぎり。

一匹の蛾の翅が軽く、上下の睫毛《まつげ》の間に押し当てられる。レッドは叫びもせず、嘔吐もしない。眼球がすっぱりと切り裂かれることはない。

ここはブルーの場所。この場所に、私を殺す満足感を味わわせるつもりはない。

花粉が、その知恵で空気を濃くする——歩くことは泳ぐことよ。その教えどおりにレッドは泳ぎ、この森そのものである主根をたどって過去に遡っていく。最高の工作員たちが育っていくこの肥沃な土壌を護るために《ガーデン》が壁と棘で厳重に囲んだ一画を目指す。

私たちは過去のどこかに種を蒔かれて、時間の中に伸び広がる根で《ガーデン》とつながって育てられていく。

レッドは、この森の心臓部に泳ぎ着く。たっぷりと水分を含む緑の装置で囲まれた場所。この装置を介して、《ガーデン》は食餌を与え、彼らのツールを、武器を育てているのだ。しかし、別の形で——人間の目で——見てみると、情景は一変する。彼女は秋の農場の近くの丘の斜面に立っている。

そこにプリンセスが横たわっている。

棘と刃《やいば》と炎の生き物。まだ完成していない至高の武器。胸が張り裂けるほどに美しいプリンセス。口の中でギラギラと輝く歯列。

別の形で見てみると——彼女は丘で光を浴びて眠っている少女だ。

まだとても幼かった頃とブルーは書いていた。私は病気になった。

成長したあかつきには戦闘に最高に適合した工作員になるだろう。だが、この時の彼女はまだブルーではない。

レッドは近づく。プリンセスの目が開く。金色に輝く目——そして、黒く深い人間の目。その二つが同時に存在している。罠の内部の罠。このうえなく魅惑的なモンスターの少女。少女はまばたきし、夢と目覚めの間で体を伸ばす。

レッドはベッドの横で上体を曲げて、少女にキスする。

少女の歯がレッドの唇を切る。滴り落ちるレッドの血を求めて、少女の舌がぐいと突き出される。ラボでの長い日々の間、イチイの実を文章に変えていく間に、レッドは、その毒を自身の記憶にも刻み込んでいた。〝飢え〟の毒――ブルーの免疫システムに自己を攻撃させ、《ガーデン》に彼女を切り離させ、彼女を内部から貪《むさぼ》り食らっていくことになる毒。

今、レッドがブルーに与えた血には、前もって摂取したその毒とともに、レッドの抗毒素が、レッドの抗体が含まれている。ちっぽけなウイルスのようなもの――これが機能すれば、幼いブルーにレッドの最もデリケートな〝影〟が転写されることになる。

私は敵のアクションに侵害されてしまっていた。

私のこの〝影〟を受け取って。レッドは思う。これをあなた自身の内に保持して。本来ならこれを殺すはずのものは根に吸収される。これからの生涯、飢えを持ちつづけて。この〝影〟にあなたを護らせ、あなたを導かせ、あなたの命を救うようにさせて。

そうすれば、世界と《ガーデン》と私の誰もがあなたは死んだと思った時に、あなたのどこかが目覚める。命を取り戻す。思い出す。

これが機能しさえすれば。

やがてブルーになるはずの少女の目がレッドを見つめる。夢でいっぱいのやわらかな目、信頼のまなざし。少女は、差し出されたものを受け取る。その内に苦痛が存在していることを知りながら飲み込む。

飢えが真紅の奔流となって少女の血管内を駆けめぐり、少女につながった根から渓谷に噴出する。飢えは脈打ち、花々の花弁を烈しく打つ。蛾の翅を引き裂く。森が燃え上がる。レッドは逃げ出す。燃える蛾の群れが襲いかかり、足と腕と消化管に深い溝を刻み込むが、襲撃するそばから、みずからが刻んだ傷口をみずからの炎で焼いていく。一匹がレッドの小指を切り落とす。猛り狂う草がレッドの片脚を捕らえ、右のふくらはぎの皮膚を剝ぎ取るが、その草もまたあっという間に飢えによって萎《しな》びていく。レッドはよろよろと、血を流しながら、必死に過去への道を探る。みずからが裏切った〈ホーム〉に向けて――もはや安全などいっさいない安全を求めて。

それはわかっていたものの、ほかにどこに行けばいいのかレッドにはわからない。ぬらぬらした重い宇宙空間はもはや静寂を保っていない。あらゆる世界の皮膚に怒りがみなぎっている。星々の目が裏切り者を探している。

《ガーデン》が彼女を追う。

レッドは迅速で賢く、力に溢れ、激痛に苛《さいな》まれている。森から逃げ出すのに、もはや精妙さなど必要としない。レッドは装甲をまとい、種々の武器を駆使し、疾駆しながらの戦闘に持ち込む。しかし、これはうまくいかない。目の星々が彼女をチャンスとチャンスの狭間《はざま》で動けなくする。虚空の中で、彼女は無数の巨大な主根と取っ組み合う。何とか身を振りほどいた時には、装甲も骨も指も歯もなくなっている。最後に残されたいくつかの機密戦闘機械を呼び覚まして主根の群れを焼き払い、目の群れの視覚機能を破壊する。星々が崩壊すると同時に大爆発が起きる。無数の世界の間に大きく口を開いた裂け目を抜けて、レッドは落下していく。

沈黙した無時間の無数のスレッドの間を転がりつづけたのち、彼女はついに地面に激突する。ボロボロになって、血を流し、ほとんど意識のない状態で、砂漠の中、胴体を失った巨大な二本の石の脚のかたわらに転がったレッド。

目を上げ、石の脚を凝視し、機能していない喉を振り絞って、レッドは笑う。

ほどなく、〈司令官《コマンダント》〉の大軍団が夜の帳《とばり》のように彼女の上に降りてくる。

独房。これがレッドの全世界だ。

彼らは時々、レッドを独房から連れ出して質問をする。〈司令官《コマンダント》〉には質問すべきことがたくさんある。どれも基本的な問いのバリエーション――なぜ、いつ、どのようにして、何を。〝誰〟かはわかっていると彼らは思っている。

最初に〈司令官《コマンダント》〉がこれらの質問をした時、レッドはにっこりと笑って、もっとうまく訊いてくれと言った。すると、彼らはレッドを痛めつけた。

二度目に〈司令官《コマンダント》〉が質問をした時、レッドはいま一度、もっとうまく訊いてくれと言った。彼らは再びレッドを痛めつけた。

彼らは時に拷問を加え、時にステーキと自由を、彼らにとって何かを意味するのだと思われる言葉を提示してみせる。

だが、必要とされない時のレッドの世界は、この独房、この箱だけだった。頭上で一体化している灰色の壁、平らな灰色の床、丸くされた角《かど》。ベッド。トイレ。目を覚ますと、トレーに載った食べ物がある。連れ出しにくる時には、湾曲した壁のランダムな場所にドアが開く。レッドの皮膚はすっかり剝《は》ぎ取られ、その下にいくつもの空洞がある。以前には様々な武器が収納されていた、うつろなスペース。

この監獄は私だけのために作られたのではないか。レッドはそんなふうに感じている。取り調べ室に連れていかれる際に通り過ぎるほかの独房はどこもからっぽだ。たぶん、彼らは、私がひとりきりだと思わせたいのだろう。

ある朝、看守がやってくる。レッドは、いつであれ、自分が眠る時が夜で、いつであれ、目覚める時が朝だと考えることにしている。太陽がないことなど誰が気にするというのか。看守はレッドを連行して、いま一度、無人の廊下を進んでいく。〈司令官《コマンダント》〉が待っている。今日はペンチは持っていない。〈司令官《コマンダント》〉はレッドと同じくらい疲れているように見える。これまで取り調べが繰り返されてきた間《かん》に、〈司令官《コマンダント》〉は疲労というものを学んだのだ。レッドが恐怖を学んだのと同じように。

「話せ」と〈司令官《コマンダント》〉は言う。「これが最後の機会だ。何も話さなければ、明日、おまえを解体する。ばらばらに解体して、各部ごとに、我々が知りたいことをチェックする」

レッドは眉を上げる。

「わかったな」〈司令官《コマンダント》〉は鋼《はがね》のように冷然と言う。

レッドは何も言わない。

ザクロのことは考えない。あえて希望を抱くこともない。二人は、ひとつのチャンスのためにすべてを賭けた。それに、もしあの抗体が機能したとしても、たとえ彼女が目覚めたとしても、彼女が私のためにやってきてくれるなどと言えるわけがない。

私は彼女を裏切ったのだから。

レッドは考えることもしない。

看守は、彼女を連れて長い無人の廊下を戻っていくと、独房の開いたドアの前で足を止める。レッドは、いま一度、小さな灰色の世界に突き戻されるのに備えて、看守のほうに振り向く。看守が、静かな、値踏みをするようなまなざしでレッドを見つめる。口がひねられ、冷酷でクレバーなラインを形作る。

「おまえはどうしてこんなことをしている?」しわがれた低い声。通常、看守が囚人に話しかけることはない。

レッドは昔から、機会があれば、ちょっとしたおしゃべりをするタイプだ。それに、どうせ明日で終わりなのだ。「勝利するよりも大事なことがあるから」

看守はしばし考え込む。看守という任務についている者がどういうタイプなのかはよくわかっている。理想主義だが、それに見合ったスキルを持ち合わせていない人物、信頼性だけを頼りに階級を上げていくことを期待しているタイプ。それにもかかわらず、レッドの離反行為は、この人物の口をゆるめさせることになったのだ。

ブルーがこの場にいたなら、きっと感銘を受けたことだろう。

「おまえは防御システムを打ち破って《ガーデン》に侵入し、再び出てきた。だが、どのようにしてそんなことをやってのけたのかを話そうとしない。つまり、おまえは我々の側の者ではない。それならなぜ、チャンスがあった時に彼らの側に加わらなかったのか。なぜ我々を売り渡さなかったのか」どうあっても知りたいという熱のこもった口調。レッドもかつてこんなふうだったことがある。

「《ガーデン》は私たちに値しない。それは《エージェンシー》も同じ」〝私たち〟とは、レッドとブルーのことを意味している。ブルーが今、本当に生きているとして、どこにいようとも。〝私たち〟とは、すべての人を、この吐き気のする長い戦争で死んでいくすべてのスレッドのすべての亡霊たちを意味している。この看守さえもがそこに含まれる。レッドは最後に、この真実を看守に告げる。もしかしたら、これが彼女を救ってくれるかもしれないと思って。

そんなことはなく、看守はレッドを独房の中に突き飛ばす。

レッドは床に叩きつけられ、そのまま床を滑っていく。視線を上げず、じっと横たわったままでいる。背後で何かかすかにこすれるような音がする。独房のドアがばたんと閉じる。まもなくすべてが終わる。私は自分にできることをやった。看守が歩み去っていく。長靴《ちょうか》の音が廊下に反響する。重く、一定の、ゆっくりした足取り。

頭を上げると、小さな四角い紙が床に落ちているのが目にとまる。封筒。

レッドは這いずっていって封筒を引き寄せる。

レッドの名前。レッドが知っている手書き文字。

腕をつかんでいた看守の手を思い出す。看守の声を思い出す。あの声は――聴き憶えのあるものではなかったか？

合わせ目に親指を突っ込んで封筒を開き、手紙を引っ張り出す。二行目まで読んだところで浮かんだ笑みの烈しさに、頬がきりきりと痛む。

マイ・ディア・ハイパー・エクストリームリー・レッド・オブジェクト

あなたが何をするつもりなのか、わからなかった。

とりあえず、私自身のことを説明させて――あなたが救ってくれたこの〝自己〟、あなたに感染させられたこの〝自己〟、最初の最初からメビウスの輪であなたの〝自己〟とつながっていたこの〝自己〟のこと。

私は、あなたの手紙の種を植えた。それが育っていくのを見守った。世話をしながら、こう思った――私の血を与えて、この植物の内部に、あなたに話しかける〝口〟を育ててみよう、と。あなたは、この手紙を読むなと言った。あなたの純朴さには、ほとんどうっとりとなってしまったけれど、次の瞬間、これがあなたにとって裏切り行為であることを考えて、火炙《ひあぶ》りにされているような感覚に包まれた。あれかこれかしかないというのに…私を殺すことに失敗しても、あなた自身の死につながることはないなんて、どうしてそんなふうに考えられたの？　これが、正真正銘のテストだという事実を、あなたはどうして見ないですませられたの？　あなたが自分の勝利に絶対の自信を持っていないかぎり――あなたが苦しむショーを見たくなくて私が自分から盤上を降りるはずだということを百パーセント確信していないかぎり、どうしてあんなことが言えるというの？

いずれにしても、選ぶ道はひとつしかなかった。あなたを護ること。あなたの意図がどうであろうと、あなたを護るために、私は毒を食べるしかなかった。

そんなことは難しくなかった。本当のことを言うと、レッド――あなたの手紙を読まないことのほうがずっと難しかった。

その前の手紙――今後、私が送るものはいっさい読まないように、私たちのやり取りはこれが最後だという手紙――あれは、これまでにもらったうちで記憶から消し去りたいと思った唯一の手紙だった。正直、私が罠の餌を食べた理由の一部は、そこにあると言ってもいい。そんなことになるのなら、毒の手紙で最期を迎えたほうがいい――あなたが提案したような形で生きつづけるよりは、あなたの手で殺されたほうがずっといい。心の底からそう思った。

でも、私は欲張りなの、レッド。最初の時と同じように、最後の言葉も私が書きたくて、それで、あの最後の返信を書いたの。

あれがあなたにとってきつすぎなかったことを願っているわ。あれを最初に読むのがあなたじゃないこともあると思ったから、ああいう手紙になったのだけれど、あなたにわかってもらいたかったのは——もし私を生かしつづけることができる人がいるとすれば、それはあなた以外にはいない、そう思いながら私は死んだのだということ。告白しておけば、これって自己満足もいいところだった——事実、私は自分の手で死んで、あなたの手で蘇らせてもらったのだから。

一番最初の手紙から、私が〝あなたの内に侵入した〟と宣言してたのは憶えているわよね。私の存在をあなたに感染させる——私はそう書いた。あの時はわかっていなかった——私にはわかっていなかったし、あなたにもわかっていなかったはず——あなたがすでに、どれほど完璧に私の内部にいたかを、私をどれほどがっちりと未来からシールドしていたかを。あなたこそが、私の核心に常にあった〝飢え〟だった、レッド——私の牙、私の鉤爪、私の毒リンゴ。枝を広げた栗の樹の下で、私はあなたを作り、あなたは私を作った。

もちろん、外ではまだ戦争が続いている。でも、これはまだ試みられたことのない戦略よ、レッド。私たちが二人で橋を作ったら、いったいチンギスは何て言うと思う？　私たちが二人して、ブレイドの結び目を次々に切断しながら、無数のスレッドがもつれ合う今の惨憺《さんたん》たる焼け跡を越えたその先に行くとしたら――私たちが、相手の陣営にではなく、お互いのもとに逃亡するとしたら？そう、そこでなら、私たちは最強のチームになって、最高のことができる。二人で、これまでにやったことがなかったことをやってみない？　私たち二人に未来の場を生み出してくれるまで、ブレイドを突き刺して、捻って、徹底的にいじりまわしてみない？　私たちの〈シフト〉の分岐点を捻じ曲げて、私たち二人の塩基対の二重螺旋に変えてしまわない？

私たちの〈シフト〉の間に橋をかけて、それを死守して――その空間で、私たちは隣人になって、犬を飼って、一緒にお茶を飲む。

とてつもなく長い時間のかかるゲームになるわ。彼らは、これまでお互いを狩り立て合っていたよりもずっと激烈に私たちを狩り立てるだろうし。でも、もちろん、あなたがそんなことを気にするなんて、私は思っていない。

あなたが脱走するのに五分かせいでおいた。脱走方法は裏に書いてある。といっても、あなたにはそんなものは必要ないだろうけど。

この戦争でどちらが勝つかなんてことはどうでもいい。《ガーデン》か《エージェンシー》かなんて。宇宙の弧がどちらの〈シフト〉に向かって曲がっていくかなんてどうでもいい。

でも、たぶん、これは、私たちが勝つ方法よ、レッド。

私とあなたが勝つ方法。
そう、こうして、私たちは勝つ。

謝辞

マックス（M）：謝辞というのは、普通、「〇〇さんがいなかったら、この本は存在していなかったはずです……」で始めることになっていて、ここでもその繰り返しになるわけだけれど、この特別な本は、どんな困難に出遭っていても、それをはねのけて完成に至る道をみずから見出していただろう——僕はそんなふうに思っています。とは言うものの！　その道を整えて、最終的な〝本〟という形にするまでには、ものすごくたくさんの人のお世話になりました。

アマル（A）：本当にたくさんの人たちの！　それと、この企《くわだ》てにぴったりだったという点では、G・ラロ（レターセットをメインとする、フランスの高級紙製品ブランド）にも感謝しなくてはなりません。G・ラロがあれほど素晴らしい紙製品を作り出してくれていたおかげで、二人の作家が長々とした手紙のやり取りに誘い込まれたんですから。この二人、作品本体にかけた時間より、手をインクで汚していた時間のほうが長かったような気がします（ご容赦！）。こういう謝辞は、たぶん、このプロジェクトの範疇から外《はず》れているでしょうけれど、とにもかくにも、まずは友人たちと家族に感謝を！

M：僕らの『時間戦争』の大半は、匿名のパトロンが提供してくれた四阿《あずまや》で形作られました――これ、大昔から一度使ってみたいと思っていたフレーズで、その人に心からの感謝を送りたいと思います。それが誰かは、ご当人の周辺の人たちにはわかっていると思うものの、もしかしたら知らないかもしれません。たぶん……あなたですよね？

A：シーッ。私たち、もうしゃべりすぎてるわ！　でも、本当にありがとう、A・Bさん。あの四阿のまわりには、数えきれないほどの鳥とハチがいて、彼らの姿をこの作品に取り込むことができました。あの鳥とハチたちまでリースしてもらえたこと、とても嬉しく思っています。

M：僕の奥さんのステファニー・ニーリーは、エネルギーとスピリットと歓びと素敵なユーモアの絶え間ない源泉でした。こうしたものがないと、芸術は沈黙に陥《おちい》るしかありません。加えて、彼女は一度ならず、僕を日常の中に連れ戻してくれました。彼女こそ「○○がいなかったら」そのものです。愛してるよ、ステファ！

A：私の夫のステュ・ウェストは、私とマックスが共同作業を始めた最初の頃、(a)ノヴェラと(b)共作は唾棄《だき》すべきものだと声高に宣言していました。だから、彼がそうした先入観を脇に追いやって、この作品を無条件に好きになってくれたのを、私がどれほど嬉しく思っているか、どれほどハッピーであるか、いったいどんなふうに言えばいいものか……。彼のあたたかな熱意と絶え間ないサポートは、私にとって、気持ちを安らがせてくれる香油であり暖炉のようなものです。シュクラン・ハビービー！（ありがとう、私の愛《いと》しい人）

M：どんな本とも同じように、この本ができるまで、目を配り心を配ってくれた大勢の人がいます。アマルのご両親、レイラ・ゴブリルとウサマ・エル＝モフタールは、僕たちがリビングのテーブルを「！」だらけのメモで占領して、『スティーブン・ユニバース』（アメリカの人気テレビアニメ）の主題歌を大声で歌っていても、ひたすら寛容に見守っていてくれました。SF作家のケリー・マカロウとローラは、大歓待と心からのもてなしに加えて、容赦ない批評の投げ斧を投げつけてくれました。

A：心の底からの深い感謝を、ドンウォン・ソンとナヴァー・ウルフに（それぞれ、エージェントと編集者）。史上最高の飛び抜けた目とスキルを持った二人は、この作品のような〝奇妙奇天烈《きみょうきてれつ》〟としか言いようのない文学の創造物を引き受けて、私たちがあなたがた読者のために形を整え、ブラッシュアップしていくのを助けてくれました。この二人がいなかったら、本作は絶対に、今あるような形にはなっていなかったはずです。彼らに最高の賞賛を！　さらに、ベス・オブ・ハードウィックについての専門知識を惜しみなく与えてくれたフェリシティ・マックスウェル、先住民の言語の用法や現地での呼称に関して丁寧な解説をしてくれたジェイ・オジックにも、心からありがとう。もちろん、間違いがあれば、それはすべて私の責任です。

M：ひとつの作品を、弱々しい疵《きず》だらけの草稿から力強く美しい最終形の本にまで持っていくには、大勢の専門家の協力が不可欠です。僕らの畏敬と真摯な感謝の念を送るべきは――我々の行方定まらぬタイムトラベル・プロジェクトをスケジュールどおりにきっちりと進めてくれた編集長のジーニー・ング。鷹の目の正確さと心優しい忍耐強さをもって対応してくれた校閲者ブライアン・ラスター。表には見えない様々なところで、この本を手にした読者が、より楽しく読めるようにしてくれた製作部長エリザベス・ブレイク＝リン。アマルにも僕にも予想できなかった、でも、二人ともめちゃくちゃ気に入ったカバーをデザインしてくれたグレッグ・スタドニク。そして、我々の代理としてありとあらゆる仕事を疲れも見せずにこなしてくれた広報のダーシー・コーハン。

A：最後に、親愛なる読者へ。私たちはこの本を〝あなた〟に捧げました。文字どおりの意味で、本心から。本は、瓶に入った手紙です。この世界を救おうとしているひとりの人間から、もうひとりの人間に向けて、時間の波間に投じられた手紙です。

これからも読みつづけてください。書きつづけてください。戦いつづけてください。私たちはみな、今もここにいます。

訳者あとがき

本書は、近年、英米のSF／ファンタジー界で注目を集めている二人の若手（？）作家、アマル・エル＝モフタール（女性）とマックス・グラッドストーン（男性）の初めての共作ノヴェラです。二〇一九年七月にサイモン＆シュスターから単行本として刊行されるや、直ちにたいへんな反響を巻き起こし、読書界で話題沸騰――二〇一九〜二〇年度のベスト・ノヴェラとして、ヒューゴー賞・ネビュラ賞・ローカス賞・英国SF協会賞の四冠を獲得するという快挙をなしとげました。

いったい何が、この圧倒的な支持・評価を生んだのでしょう？

ベストセラー小説の多くに見られる〝多数の読者の心をつかむストーリー〟でしょうか？　いいえ、本作には、そのようなストレートな／わかりやすいストーリーラインはありません。早い話、本書裏表紙の簡単な紹介文に書かれているような〝あらすじ〟はほとんど意味がないのです（編集部さん、すみません）。

ごくごく大雑把な位置づけとしては、〝タイムトラベル・パラレルワールド・歴史改変もののミリタリーSF／ファンタジー〟というところでしょうが、しかし、このくくりを前提に読みはじめた読者は、即座に「あれ？」という感覚に包まれるはずです。おそらく、ほとんどの読者が、こんな小説はこれまで読んだことがないと思うに違いありません。

それでは、この作品のどこが、どのようにユニークなのか。端的に、この作品の魅力は何なのか。

時間SFとしての構造は、読み進めるうちに次第にはっきりとしていきますし、最終的に明かされる〝真実〟は、時間SFジャンルの中でもなかなかのものと言えます。でも、このSFとしてのストーリーラインの面白さは、本作の魅力のほんの一部をなしているものにすぎません。

次いで挙げられるのが、はるかな未来（言うまでもなく、科学とテクノロジーが極度に発達した未来です）、世界の覇権をめぐって敵対する二大勢力のトップ・エージェント同士が、文通――文字どおり、文字による手紙のやり取り――を始めるという設定・構成の面白さ。しかも、そのやり取りの方法がとんでもないもので、これがどんどんエスカレートしていきます。

さらには、時としてハードボイルドのように短く切りつめた現在形で、また時として仮定法（過去・現在・未来・過去完了・未来完了）をたたみかけて綴《つづ》られていく、リズム感あふれる文章。加えて、いたるところに、韻を踏んだタームがちりばめられています（ただの駄洒落《だじゃれ》と言っていいものも）。構文も単語の使い方も、何から何まで超破格。個人的には、最初に一読した際、今どきこんなスタイリッシュな文章を書くSF作家がいるのかと、そして、こんな文章で書かれた作品が、多数の読者に受け入れられているのかと、まずはその点に驚かされてしまいました。

極めつきは、本作が数えきれないほどの引用で成り立っていることです。歴史（ベースが歴史改変ものなので、これは当然と言えるかもしれませんが、古今東西〝虚々実々〟の歴史が、わずか数語というものも含めて、次々に提示されていきます）・詩・文学・哲学・評論・民間伝承・童話・神話・絵画・音楽・科学・映画・諺・ゲーム……などなどなど。ここが、評論家たち／いわゆる〝本読み〟たちの高い評価を受けた最大の要因であるのは間違いないところなのですが、ごく普通の読者でも「あ、ここは、あの曲の／あの小説の引用だ！」と気づいてニヤリとできる部分が随所にあり、そのあたりも大いにアピールしたものと考えられます。

こうした独自の〝仕掛け〟はほかにもいろいろとあります。とにもかくにも、このような種々様々の要素が渾然一体《こんぜんいったい》となって一個の作品として結実したのが、本書――作者の言を借りれば「奇《き》妙奇天烈《みようきてれつ》な文学の創造物」なのです。

英語圏の批評家・読者の評を眺めていると、上記したような多種多様なアピール要素が各人各様に語られています。中には「手紙の呼びかけの言葉が赤（レッド）と青（ブルー）の思いもかけないバリエーションで書かれているのがすごく面白かった」「何が何だかわけがわからなかったけれど、感動した」というものまで。分析的な評もすでに書かれているのかもしれませんが、とりあえずは、評者・読者のひとりひとりがそれぞれの感性で受け止めていること――これが、訳者としては強く印象に残りました。

とは言うものの、評者・読者の圧倒的な支持は、現時点では、英語圏の読書界でのこと。原作が英語であるからこそアピールしたのだと言える面が多々あることは事実です。ほかの言語に翻訳されたとしても、たとえば、ドイツ語やフランス語などであれば、この点はさして損なわれることもなく表現できるでしょう。

しかし、日本語ではそうはいきません。この多彩きわまりない構成要素の魅力を日本語ではたしてどれだけ伝えられるものか。訳者としては、かなり頭を悩ませました。

何よりも難しいのは、〝いたるところ韻を踏んだ文章の美しさ〟。当たり前のことながら、これは英語だからストレートに伝わるわけで、ひとことで言ってしまえば、詩の領域に属するものです。詩を詩として訳すならともかく、この作品はあくまで小説です。小説を詩として訳すことは（少なくとも私には）できません。

したがって、この部分に関しては、ほとんどは諦めざるをえず、どうしても必要と思われるところだけカタカナルビを振ることで対応しました。（ただ、全体として、音の流れとリズムで読んでいけるようには心がけたつもりです）

この原文を味わいたい方は、英語で朗読ヴァージョンが出ているので、お聴きになってみてください。この朗読ヴァージョンも好評のようです。

数多くの引用に関しては、原著でも〝気づく人だけ気づけばいい〟という基本姿勢なのですが、これまた、英語だからこそ読者もすぐにわかるというものが多く、特に英語の詩は、訳詩・訳詞の形でも、日本人（とりわけ現代の若い読者）にはほとんど馴染みがないのではないかと思われます。日本語の読者がこの作品を楽しむという点では、これが大いなるハンデになります。ということで、このあたりに関しては、一部を、訳注という形で最後に記しておきました。

すでに気づいておられる方も多いと思いますが、本作中で「預言者が語っているように」という部分は、テニスンやバイロンの詩、ボブ・ディランやアイアン・メイデンら様々なジャンルの——フォークやロックやソウルやポップスの歌詞の引用です（つまり、預言者＝詩人です）。訳注には、引用された部分の原文と作詞者・歌手の名前を入れてあります。これで検索していただければ、原詩の全文テクストはもちろん、複数のアーティストのライブなど実際の演奏の動画も見つかりますので、興味のある方はぜひ見て／聴いてみてください。

というのも、これらの詩は、引用された部分だけに意味があるのではなく、その全体が、本書の全体に響いているからです。このように、これまでに書かれてきた数々の詩・文学がこの作品には内包されていること、それらをも含めた多面的な世界が『時間戦争』というこの一冊にこめられていること——そう思うと、原著・訳書ともに三百ページに満たないこの短い作品が、とてつもないヴォリュームを持ったものに感じられてきます。ブルーが十九世紀のロンドンのティーハウスで頼んだお茶のように——様々なフレーバーが混ざり合って豊かな香りのハーモニーを奏でるブレンド・ティーのように——味わっていただけたら、訳者としては嬉しいかぎりです。

蛇足かもしれませんが、訳注の形式についてひとこと——引用に関しては、本文中に合番・記号は入れてありません。上記したように、引用された部分だけが対応しているのではないということもありますが、研究論文ならいざしらず、そもそも注はわずらわしいもの、小説を読む際にはむしろ邪魔になるものだからです（本文中には、読んでいる際に知っておいてもらったほうがいいかと思われるものを少しだけ、できるだけ通読の邪魔にならない割注の形で入れておきました）。作品を一読されたあとで訳注に目を通していただき、改めて、この作品を楽しむ／考える上での参考にしていただければと思っています。

アマル・エル＝モフタールは、複数の賞を受賞した短篇「ガラスと鉄の季節」（二〇一六）がSFマガジン二〇二〇年六月号に紹介されていますが（原島文世訳）、マックス・グラッドストーンは、近年のSF／ファンタジー界の動向を語る際に必ず言及されてきた作家ではあるものの、これまで邦訳された作品はなく、いずれにしても、本格的な作品の紹介は本書が初めてとなります。以下、簡単に二人について記しておきます。

アマル・エル＝モフタール　一九八四年十二月生まれ。カナダの詩人・作家・評論家。短篇「ガラスと鉄の季節」が、二〇一六年度のヒューゴー賞・ネビュラ賞・ローカス賞を受賞、世界幻想文学大賞・スタージョン賞・オーローラ賞など複数の著名な賞の最終候補作品となって、一躍注目を集めるに至った。単独の著書は、現時点では、二十八種類の蜂蜜の味をめぐる詩と短篇のコレクション *The Honey Month*（二〇一〇）一冊があるだけだが、Tor.com、ライトスピード、ストレンジ・ホライズンズ、ファイアサイド・マガジンなどの雑誌に短篇を寄せ、*The Mythic Dream* や *The Starlit Wood: New Fairy Tales* などのアンソロジーにも作品が収録されていて、いずれ個人短篇集が刊行されることが期待される。二〇一八年から、ニューヨーク・タイムズ・ブックレビューでSF／ファンタジーをめぐるコラム／書評を執筆。カールトン大学とオタワ大学で文芸創作を教えている。公式サイト：amalelmohtar.com

※なお、アマルさんのご両親はレバノン出身で、ご本人はカナダ生まれですが、子供の頃に二年ほ

どレバノンで暮らしています。本書の謝辞でもアラビア語を使っており、アラブ系であることを（声高にではないものの）明示しているところから、訳者としてはこの姿勢を尊重したいと思い、従来使われてきた〝エル＝モータル〟を〝エル＝モフタール〟の表記にしていただきました。今後は、エル＝モフタールで憶えていただければと思います。

マックス・グラッドストーン　一九八四年五月生まれ。アメリカのＳＦ／ファンタジー作家。イェール大学で中国語を学び、二〇〇六年から数年間、中国・安徽《あんき》省で英語教師・翻訳者として働く。二〇〇九年に作家デビュー。二〇一二年の長篇第一作 *Three Parts Dead*（〈クラフト・シークエンス〉シリーズの第一巻）でジョン・Ｗ・キャンベル賞新人賞の最終候補になる。〈クラフト・シークエンス〉は二〇一七年のヒューゴー賞シリーズ部門最終候補作となり、最新の単独長篇 *Empress of Forever*（二〇一九）もローカス賞長篇部門の最終候補にノミネートされた。*Wizard School Dropout* をはじめ、インタラクティブ・フィクションおよびインタラクティブＴＶの分野でも高い評価を受けており、グーグルとピクサーで、シナリオ製作のコンサルティングやトークも行なっている。モンゴルで馬から振り落とされ、アンコール・ワットで自転車をぶっ壊し、カーネギー・ホールで歌った経験を持つ。公式サイト：maxgladstone.com

訳注

16頁：わが為《な》したる業《わざ》を見よ、汝《なんじ》ら強大な者たちよ、そして絶望せよ！
Look on my works, ye mighty, and despair!
パーシー・ビッシュ・シェリー「ソネット：オジマンディアス」（一八一八）の一節。〝オジマンディアス〟は、ラムセス二世（紀元前十四世紀〜紀元前十三世紀のエジプトのファラオ）のギリシア語名。

24頁：未来はあまりにもまぶしいので、僕はサングラスをかけなくちゃならない
The future's so bright, I gotta wear shades
パット&バーバラ・マクドナルドの二人組バンド Timbuk3 のファーストアルバム Greeting（一九八六）のオープニング曲。シングルカットされて、ヒットチャート入りを果たす。核時代の暗い予見が表現された詩はパットによるもの。邦題「フューチャー」。

24頁：蹄鉄に打たれる、それ以外にはない釘の価値
※マザーグースの詩句「釘がないので蹄鉄が打てない……なので国が滅びた……」を連想させます。

25頁：北京の夏宮《かきゅう》
頤和園《いわえん》の前身の大庭園にあった清朝の宮殿。一八六〇年、第二次アヘン戦争時に焼失。

25頁：常勝軍
アメリカ人のフレデリック・タウンゼント・ウォードが組織した欧米人の将校と中国人の兵士から成る西洋式の傭兵部隊。

25頁：トロイの木馬
ギリシア神話で、トロイアを陥落させることになった仕掛け。転じて、巧妙に相手を陥れる罠。コンピューターの領域では、無害なプログラムのように偽装され、実行されるとセキュリティ上の脅威となるソフトウェア／データファイルを指す。

26頁：胴体を失った巨大な二本の石の脚

Two vast and trunkless legs of stone
前出、P・B・シェリー「ソネット：オジマンディアス」の一節。

33頁：血まみれの牙と鉤爪《かぎづめ》を持つレッドへ
Dear Red, in Tooth, in Claw
友人の死と進化論的考えの間で揺れ動く信仰をうたったアルフレッド・テニスンの長詩『イン・メモリアム』（一八五〇年刊）の一節、Nature, red in tooth and claw より。「自然は弱者の血に染まった牙や爪を持つ強者を選ぶ」という弱肉強食の概念を表わしたもの。ダーウィンの『進化論』が発表されたのは少しあとのことだが、テニスンのこのフレーズはすぐに、進化論と結びつけて広く引用されるようになった。red in tooth and claw で、単に「非情で無慈悲な戦いに巻き込まれる」といった意味でも使われる。

38頁：シリ
Siri＝Speech Interpretation and Recognition Interface　アップルの対話型音声インターフェース。

38頁：炙《あぶり》の刻、粘滑《ねばらか》なるトーヴ／遥場《はるば》にありて回儀《まわりふるま》い錐穿《きりうが》つ
'Twas brillig, and the slithy toves / Did gyre and gimble in the wabe;

ルイス・キャロル『鏡の国のアリス』の「ジャバウォックの詩」の一節。
※この詩はすでに多くの方による多種多様な日本語訳があり、今さら下手な訳を加えるのもはばかられたので（正確には、この超難解詩を改めて日本語にするだけの気力がなかったので）、既訳の中から、個人的に、本作にいちばんしっくりすると思われたもの（シカ・マッケンジー訳／『Sound Design　映画を響かせる「音」のつくり方』（デイヴィッド・ゾンネンシャイン、フィルムアート社）より）を使わせていただきました。

38頁：湖畔の草は枯れ／鳥の歌も絶え果てたというのに
The sedge is withered from the lake, / And no birds sing.
ジョン・キーツ「美しくも無慈悲な乙女」（La Belle Dame sans Merci）（中世の伝承を題材に取った幻想詩）の一節。

38頁：見よ！　今や呪いがおまえを包み／音なき鎖がおまえを縛っている／おまえの心と頭にはすでに／この言葉が投げられたのだ――滅《めっ》し去るがよい！
Lo! the spell now works around thee, / And the clankless chain hath bound thee; / O’er thy heart and brain together / Hath the word been pass’d—now wither!

ロード・バイロン（ジョージ・ゴードン・バイロン）の劇詩『マンフレッド』（Manfred）の一節。

39頁：オンタリオは最低よ
Ontario sucks
カナダのコメディソング・グループ、Three Dead Trolls in a Baggie による楽曲。

39頁：ブルー－ダー－バー－ディー
Blue da-ba-dee
イタリアのグループ、Eiffel 65 のユーロダンス・ソング（一九九九）。デビュー・アルバム Europop からのシングルカット。I'm blue, if I was green I would die（僕はブルーだ、緑だったら死んじゃうはず）というフレーズもある。

40頁：チェレンコフ放射
荷電粒子が物質中を運動する時、荷電粒子の速度がその物質中の光の速度よりも速い場合に光が放出される現象。

43頁：ブルーザー

ベルギーで活動する歌手・女優、Viktor Lazloの楽曲（一九八五）。Blueser＝Blue＋loser（敗者）。

43頁：おまえのミッション・ターゲットは別のお城にある！

Your Princess Is in Another Castle＝「あなたは間違った場所を探している」のバリエーション。スーパーマリオブラザーズで、ステージの最後にThank you, Mario! But our Princess is in another castle. と出てくることで、誰もが知るようになった／様々な場面で使われるようになったフレーズ。

44頁：ゾーンモド

モンゴルの地名。現在、トゥブ県の首都で、ウランバートルから約四十五キロのところにある。

53頁：フェリーランド

カナダ、現在のニューファンドランド＆ラブラドール州にある港町。

53頁：スキュラとカリュブディスの間

スキュラとカリュブディスは、ギリシア神話に登場する海の怪物。カリュブディスは大渦巻きを起こし、スキュラは六本の長大な首で船乗りたちを襲う。トロイア戦争に勝利してギリシアに戻る途中のオデュッセウスの一行も、この怪物たちに襲われた。「スキュラとカリュブディスの間」は、進退窮《きわ》まった状況を意味するイディオム。「前門の虎、後門の狼」。

56頁：ムード・インディゴ

Mood Indigo

オリジナルはデューク・エリントンが作曲したインストルメンタル・ナンバー（一九三〇）だが、翌年、アーヴィング・ミルズとバーニー・ビガードが歌詞をつけた。You ain't been blue no, no, no / You ain't been blue, till you've had that mood indigo（君はブルーだと言うけれど、そんなことはない、全然どうってことはない／君はブルーだと言うけれど、インディゴ（濃青色・藍色）の気分になるまでは大丈夫）というフレーズがある。

57頁：高すぎて登れない山なんてない

There ain't no mountain high enough

アメリカの黒人ソウルミュージシャン、マーヴィン・ゲイとタミー・テレルによるデュオナンバー（一九六七）Ain't No Mountain High Enough の一節。作詞・作曲＝ニコラス・アッシュフォード／ヴァレリー・

シンプソン。ダイアナ・ロスほか多くの歌手がカバーした。

62頁：コチニール
一部のカイガラムシ（別名、臙脂虫《えんじむし》）から抽出される赤色色素で、古代から顔料として利用されてきた。カルミンレッドとも。中世以降、毛織物用の高級染料として珍重され、また絵の具のクリムゾンやカーマインに転用されるなどして、巨額の富を生む重要な原料となる。現在でも着色料・食品添加物として多用されている。

67頁：ペレーの毛
本文中にも割注で記しておいたが、火山の爆発の際に吹き飛ばされたマグマの一部が空中で急速に冷え、髪の毛状になったもの。火山毛とも呼ばれる。
※たまたま訳出中にTVの自然番組で見た、ニカラグア、マサヤ火山の火口近くに広がる、ふかふかの絨毯のような〝ペレーの毛〟の光景は印象的でした。

68頁：カーディナル（猩々紅冠鳥《しょうじょうこうかんちょう》）
英名・学名はカトリックの枢機卿（カーディナル）に由来。枢機卿が真紅の衣をまとうところから、カーディナルは赤の代名詞となっている。合衆国北部に広く分布し、米国民にはきわめて馴染みの深い鳥。メジャーリーグのセントルイス・カージナルスの名もこの鳥に由来する。

69頁：ベス・オブ・ハードウィック

一五二七頃〜一六〇八。割注に記したとおり、スコットランド女王メアリー（次項参照）がイングランドで幽閉されていた時期に十五年にわたって監視役を務めた六代シュローズベリー伯爵の夫人で、策略にたけた野心満々の女性。シュローズベリー伯爵は四人目の夫で、ベスは、結婚を重ねるうちに資産を増やし、地位を高めていくとともに、二度目の結婚で生まれた娘を王位継承権を持つ貴族と結婚させるなど、様々な画策を実行に移す。メアリー女王が自分の館にやってきた当初は意気投合して、侍女たちを交え、共同で刺繍の壁掛けを製作したりしたが（これらは、オックスバラ・ハンギングとして今に伝えられている）、のちには完全に敵対視するに至った。

70頁：スコットランド女王メアリー

一五四二〜一五八七。誕生直後に、父王ジェームズ五世が死去し、スコットランド王位を継承する。国内の混乱によって、六歳でフランスのアンリ二世のもとに身を寄せ、フランスの皇太子と結婚、アンリ二世の死去に伴ってフランス王妃となるが、夫のフランス国王もまもなく死去し、メアリーはスコットランドに戻る。二度目の結婚で、ジェームズ六世（のちのイングランド国王ジェームズ一世）をもうける。しかし、混乱の一途をたどる状況下でイングランドへの逃亡を余儀なくされ、女王としての地位も剝奪。イングランドでは、エリザベス女王の指示のもと、幽閉状態に置かれ（内、十五年ほどの期間は、監視役に当たったシュローズベリー伯爵とその夫人ベス・オブ・ハードウィックの複数の城・館で過ごした）、最終的にエリザベス女王廃位の陰謀に加担したとして有罪判決を受け、処刑された。

70頁：トーマス・チャタートン

一七五二〜一七七〇。傑出した詩才を持ちながら、認められることなく終わったイギリスの早熟・早逝の詩人。子供の頃から教会とかかわりを持ち、教会の記念碑などで中世英語で文章を綴る方法を習得したチャタートンは、トーマス・ローリーという十五世紀の架空の詩人を作り出し、その名で書いた詩を古文書から発見したと主張した。しかし、これらの詩も、名声をもたらすことはなく、人間関係の悪化と困窮生活に追い詰められたチャタートンは十七歳で砒素自殺するに至る。〝贋作〟というテーマ領域で必ず言及される人物。

74頁：自分の選んだブレンドのお茶

※ここで描写された香り／フレーバーから、ラプサン・スーチョンとアールグレー（様々なフレーバーを

加えたバリエーション）のブレンドだと思われます。

86頁：誰もが大きな船と小さな舟を作っている
Everybody's building the big ships and boats
ボブ・ディラン、「マイティ・クイン」（Mighty Quinn（Quinn The Eskimo））の一節。一九六〇年代半ばに作られ、一九七〇年の二枚組アルバム『セルフポートレート』（Self Portrait）に収録。イギリスのマシフレッド・マン、アメリカのグレイトフル・デッド、スイスのゴットハードら、多くのアーティストがカバー。

88頁：タワンティンスウユ
ケチュア語で〝四つの州〟の意。パチャクテクが皇帝として即位し（一四三八年）、国家を四つの州の連合体として再編した時から、ワイナ・カパック皇帝が死去（一五二七年）するまでのインカ帝国を指す。以後、帝国内では内戦が起こり、一五三三年に、フランシスコ・ピサロ率いるスペインのコンキスタドールたちに征服されて、完全に滅亡するに至った。

91頁：朝の赤い空へ

Red sky at night, sailors delight; red sky in morning, sailors take warning
〝夕方の赤い空に船乗りは歓び、朝の赤い空に警戒心を抱く〟（〝夕焼けは晴れ、朝焼けは雨の知らせ〟の意）という諺より。

102頁　時間の流れの中のどこかで
Somewhere in Time
リチャード・マシスン『ある日どこかで』（一九七六）。世界幻想文学大賞を受賞した時間旅行ＳＦ。邦訳：尾之上浩司訳・東京創元社・二〇〇二。一九八〇年にアメリカで映画化された（マシスン自身が脚本を担当）。
また、イングランドのヘヴィメタル・バンド、アイアン・メイデン（Iron Maiden）の六枚目のアルバム名（『サムホエア・イン・タイム』）。収録されている楽曲名は Caught Somewhere in Time。

117頁：ナオミ・ミッチソン
一八九七～一九九九。スコットランドの小説家、詩人。歴史小説、ＳＦ、旅行記など、生涯に九十冊を超える著作を発表した。生理学、遺伝学、進化生物学、数学などの分野で知られる科学者Ｊ・Ｂ・Ｓ・ホールデンは兄。ミッチソンは、Ｊ・Ｒ・Ｒ・トールキンの親しい友人で、『指輪物語』（一九五四～五五）

の校閲も行なっている。

ミッチソンの代表作 ***Travel Light***（『トラベル・ライト』）（一九五二）は現代ファンタジーの古典とも言われ、ファンタジー分野では必ず言及される作品のひとつ。また、現在もリプリント版が出されているもうひとつの代表作 ***Memoirs of a Spacewoman***（『ある女性宇宙飛行士の回想』）（一九六二）は、女性SFの先駆的作品。

本作の著者のひとり、アマル・エル＝モフタールは、子供時代に衝撃を受けたファンタジーとして『トラベル・ライト』とトールキンの『ホビットの冒険』を挙げている。両作をめぐってのエッセイを読むと、彼女にとって、この二作、特に『トラベル・ライト』が作家になる上でも決定的な役割を果たしたことがうかがえる。

121頁：手紙は構造物だ、出来事ではない
オーストラリアの人類学者・民族誌学者、パトリック・ウルフ（一九四九～二〇一六）が ***Settler Colonialism and the Transformation of Anthropology***（『殖民植民地主義と人類学の変容』）（一九九九）で用いたフレーズ、「侵略は構造（物）だ、出来事ではない（Invasion is a structure, not an event）」が元になっていると思われる。ある人間集団が自己の領土を確立しようとする際に、その土地に以前から住んでいる人間集団（先住民）を制圧するという〝殖民植民地主義（セトラー・コロニアリズム）〟への批判的研究

は以前からなされてきたものの、ウルフの明快なフレーズはひとつのキャッチとなり、以後、Racism is a structure... など、様々な形で使われるようにもなった。

133頁：船乗りの歓びへ
前出、「朝の赤い空へ」の項を参照。

152頁：人生の始まりを、出生の時から始めるとすれば
チャールズ・ディケンズ『デイヴィッド・コパフィールド』の冒頭部分より。「自分の人生の物語を、誕生の時から始める」の意味。

152頁：あのチャタートン
前出、「トーマス・チャタートン」の項を参照。

155頁：取り替えっ子
妖精が人間の赤ん坊を盗み、代わりに自分の子供を置いていくという、ヨーロッパの各地で信じられていた民間伝承。病弱な体質や旺盛な食欲などが取り替えっ子の特徴とされている。取り替えっ子の見分け方

もいろいろあり、〝卵の醸造〟もそのひとつ――「卵の殻を煮立て、赤子が『何をしているのか』ときくと、『醸造している』と答える。赤子が『何百年も生きてきたが、そんなのは見たことがない』と言えば取り替えっ子なので、真っ赤に焼いた火かき棒で突き刺す」というもの。

156頁：私の林檎の樹、私の輝き
My Apple Tree My Brightness
十七世紀に作られたアイルランドの詩（作者不詳）I Am Stretched on Your Grave の一節。原詩はゲール語で、何度か英語に訳されているが、最も有名なアイルランドの作家フランク・オコナーによる英訳にアイルランドのグループ Scullion のメンバー、フィリップ・キングが曲をつけた（一九七九）ものがフォーク・ロックの名曲として定着した。その後、シネイド・オコナー、ケイト・ラズビーら多くのアーティストが（それぞれにアレンジを施して）歌っている。

175頁：第九の波
嵐の海では、第一の波から第二、第三の波へと次第に波浪が高まっていき、第九の波で最高潮に達したのちに、再び第一の波に戻るという言いならわしがある。

177頁：おお、なんと眉目秀麗な伯爵だったことか！
O the earl was fair to see!
アルフレッド・テニスン「姉妹」（The Sisters）（一八三二）の一節。

185頁：私たちは別々の道を歩む
We go our separate ways
プラトン（の英訳）をはじめとして、多くの詩・散文で使われてきたフレーズ。
近年の楽曲の歌詞として使用された例をいくつか紹介しておくと、ジャーニー（Journey）／クレイグ・デイヴィッド（Craig David）／テディ・トンプソン（Teddy Thompson）の Separate Ways、デュア・リパ（Dua Lipa）の We're Good など。

209頁：手の届かないところまで到達しろと叱咤激励するために
※ロバート・ブラウニングの長詩 Andrea del Sarto（一八五五）の一節、Ah, but a man's reach should exceed his grasp, or what's a heaven for? がエコーしているように思います。

216頁：美術館は遠い昔に灰になってしまったが

テート・ブリテンのこと。二〇〇〇年の組織改編以前はテート・ギャラリーの名で知られていた。十六世紀頃から現代に至る、絵画を中心としたイギリス美術が年代順に展示されている。

216頁：その絵は今もシェルターのような地下鉄で生きつづけている
地下鉄の駅の壁に描かれた少年の絵は、ラファエル前派の画家ヘンリー・ウォリスの「チャタートンの死」（一八五六）。The Death of Chatterton by Henry Wallis
※検索すれば、当該の絵が見られます。

217頁：氷の心
heart of ice
イギリスの詩人・小説家・民俗学者アンドルー・ラング（一八四四〜一九一二）が、世界各地の伝承文学を子供たちのために精選・編纂した童話集に、「氷の心」という作品が収録されている。邦訳（ないとうふみこ訳）は『アンドルー・ラング世界童話集・第三巻 みどりいろの童話集』（西村醇子監修・東京創元社・二〇〇八）所収。
※ほかにも、このフレーズ（「氷の心」）を使ったゲームやアニメなどがあるようです。

218頁：ザクロ／大地の娘たち／死の王国

ゼウスとデーメテールの娘ペルセフォネは、冥界の王ハーデースにさらわれ、いったん地上に帰還したものの、冥界でザクロを食べてしまったため、一年のうち何カ月かを冥界で暮らさなければならなくなる。これが四季の始まりとされる。ペルセフォネは、ギリシア神話では大地の女神／冥界の女王、ローマ神話では春の女神で、プロセルピナと呼ばれる。

※テート・ブリテンには、前々項のウォリスと同じくラファエル前派の画家ダンテ・ゲイブリエル・ロセッティの「プロセルピナ」（一八七三〜一八七七）も収蔵されています。Proserpine by Dante Gabriel Rossetti

240頁：ハイパー・エクストリームリー・レッド・オブジェクト

Hyper Extremely Red Object = HERO

二十世紀の終わり頃から発見されはじめた、百億光年以上というきわめて遠方にあって光速に近い速さで遠ざかりつつある天体／銀河。ビッグバン以降の早い時期に形成されはじめた銀河だと考えられ、赤方偏移のために赤外線領域に大きくずれて観測される（極端に赤い＝hyper extremely red）が、本来の色は青である可能性もあり、その場合は、生まれて間もない銀河だということになる。宇宙の誕生の謎を解く上で、きわめて重要な役割を持っている。

242頁：枝を広げた栗の樹の下で
Under the spreading chestnut tree
イギリス民謡をもとにした童謡。
※そう、「大きな栗の木の下で」です。

247頁：『スティーブン・ユニバース』
二〇一三年十一月から二〇二〇年三月まで放送された、アメリカの人気テレビ・ミュージカルアニメ（カートゥーン・ネットワーク製作／放送）。日本でも二〇一四年から放送。女性の姿になれる宝石たちのチーム〝クリスタル・ジェムズ〟が地球を守るために故郷の星と闘うというファンタジー・アクションで、日本の多くのアニメにも影響を受けている。

A HAYAKAWA SCIENCE FICTION SERIES No. 5053

山《やま》田《だ》和《かず》子《こ》
1951年福岡県生
慶應義塾大学文学部中退
英米文学翻訳家
訳書
『シミュラクラ〔新訳版〕』『時は乱れて』フィリップ・K・ディック
『幻影の都市』アーシュラ・K・ル・グィン
『遠隔機動歩兵―ティン・メン―』クリストファー・ゴールデン
『無伴奏ソナタ〔新訳版〕』オースン・スコット・カード（共訳）
『危険なヴィジョン〔完全版〕』ハーラン・エリスン編（共訳）
（以上早川書房刊）他多数

この本の型は、縦18.4センチ、横10.6センチのポケット・ブック判です。

〔こうしてあなたたちは時間戦争《じかんせんそう》に負《ま》ける〕

2021年6月25日初版発行　2021年7月20日再版発行

著者	アマル・エル＝モフタール
	マックス・グラッドストーン
訳者	山田和子
発行者	早川浩
印刷所	株式会社亨有堂印刷所
表紙印刷	株式会社文化カラー印刷
製本所	株式会社川島製本所

発行所 株式会社 早川書房
東京都千代田区神田多町2－2
電話 03-3252-3111
振替 00160-3-47799
https://www.hayakawa-online.co.jp

（乱丁・落丁本は小社制作部宛お送り下さい
送料小社負担にてお取りかえいたします）

ISBN978-4-15-335053-3 C0297
Printed and bound in Japan

宇宙の春

COSMIC SPRING AND OTHER STORIES

ケン・リュウ

古沢嘉通／編・訳

宇宙の変遷を四季の変化に見立てた表題作、過去を覗き見ることを可能にした発見がもたらしたものを描く「歴史を終わらせた男――ドキュメンタリー」など10作品を収録した日本オリジナル短篇集第４弾

新☆ハヤカワ・ＳＦ・シリーズ